U0571092

◆▶ 中国文学名家散文精选丛书

书果飘香

袁滨 著

江西高校出版社
JIANGXI UNIVERSITIES AND COLLEGES PRESS

南　昌

图书在版编目（CIP）数据

书果飘香 / 袁滨著 . -- 南昌 : 江西高校出版社，
2025. 6. --（中国文学名家散文精选丛书）. -- ISBN
978-7-5762-5644-4

Ⅰ . I267

中国国家版本馆 CIP 数据核字第 2024HV6193 号

责 任 编 辑　邵星星
装 帧 设 计　夏梓郡

出 版 发 行　江西高校出版社
社　　　　址　江西省南昌市新建区工业二路 508 号
邮 政 编 码　330100
总 编 室 电 话　0791-88504319
销 售 电 话　0791-88505090
网　　　　址　www. juacp. com
印　　　　刷　鸿鹄（唐山）印务有限公司
经　　　　销　全国新华书店
开　　　　本　650 mm×920 mm　1/16
印　　　　张　13
字　　　　数　160 千字
版　　　　次　2025 年 6 月第 1 版
印　　　　次　2025 年 6 月第 1 次印刷
书　　　　号　ISBN 978-7-5762-5644-4
定　　　　价　58.00 元

赣版权登字 -07-2024-1069

目　录
CONTENTS

第三辑
人文行旅

第一辑

平原风物

朝覲聊斋

《聊斋志异》是清代文学家蒲松龄著述的一部短篇小说集，全书共有490余篇，其中大部分都是他做私塾先生时在客居的毕府完成的。聊斋并不是蒲松龄的书斋名字，而是东家的客厅。蒲松龄真正的书斋叫绿屏斋、面壁居。我们不妨踏着那悠悠的俚曲韵味，一起走进真正的聊斋。

——题记

任何事物都需要静心触摸，走近历史的皱褶里，怀着朝覲之情感受它曾经的体温，风华绝代的一幕幕，就这样凝练而精粹地铺陈着，舒展着。在鲁中平原的腹地，我站在古院墙边，穿越周围斑驳的墙体，能够清晰地听见历史的呼吸。凝望古老大院的背影，岁月的烟云把一页页历史沉重地压住，只有匆忙的风和杂乱的脚步，还在唤起人们久远的记忆，告诉过往的人们：这里曾经是一个繁华世家的故址。距今三百多年前，这个盛极一时的家族曾经多么显赫地张扬着古老遗风，这里发生的一切注定要载入文学史，融入到悠悠的齐风流韵里。

鲁中平原是齐国地貌的衣钵，汇聚了深广的文脉。深入平原腹地，更能领略沸腾的生活。对生活的解读和认同，其实也是对历史的把握和考量，平原上总有许多故事牵动着细腻而敏感的文化神经。人们之所以不能遗忘这座毕家大院，不是因为这里是明末户部尚书毕自严的故居，而是因为蒲松龄在这里。康熙十八年，也就是公元 1679 年，四十岁的蒲松龄跨进了这座大院，开始了长达三十年的私塾生涯。从此，中国古典文学史上多出了一部脍炙人口的经典巨著，一个个鲜活动人的故事流传至今，这就是《聊斋志异》。

毕家大院现在的正式名称叫蒲松龄塾馆，是蒲松龄纪念馆的分馆，它的准确地理位置是淄博市周村区王村镇西铺村。明清时候，这里和蒲松龄的故居同属于淄州，毕自严是京城大官，《明史》第 256 卷有其传记。毕氏家族在当地赫赫有名，曾得到了万历、天启、崇祯三位皇帝的封赏。毕自严的儿子毕际有也曾做过山西稷县知县，官至南通州知州，他的妻子则是一代诗宗王渔洋的叔伯姑母。毕际有很赏识蒲松龄的文采，于是邀请他到自己家里设私塾教其八个孙子读书。

蒲松龄塾馆是一套三进院落，这是整个毕府大院的东跨院部分，其庭院布局和建筑造型具有古朴的明清风格，占地两千多平方米，一进门便是由三间屋子组成的"绰然堂"，匾额落款"崇祯甲戌白阳老人题"，白阳老人就是馆主毕际有。蒲松龄来到毕府，就是在绰然堂设馆授课。从"绰然堂"往里，北面就是"振衣阁"，这里是蒲松龄夜晚读书和潜心写作之地。转过振衣阁则是石隐园，这里曾是毕家的花园，园中竹木扶疏，幽泉怪石，小桥流水，花果飘香，是蒲松龄消暑和休闲的胜地，他曾写诗《读书石隐园，两餐仍赴旧斋》来状写这里的欢乐情景："花树喜我至，浓阴绕屋声萧萧；山禽喜我至，凌晨格磔鸣松梢。两餐往还足二里，归去汗浃如流水。如流水，何妨哉！解衿习习清风来。"现在人去景在，徒留废园，真是一草一木都让人睹物思情。最后面的砖木结构的小楼是"万卷楼",书法家朱学达的楹联阐释了它的寓意:万卷书当南面窗,一帘风拂北窗凉。这里是尚书府的藏书之地,有万卷诗书,自然也是蒲松龄游目骋怀的乐园。

蒲松龄塾馆是中国北方一座典型的农村大院,当年茂盛的蝴蝶松已经仅剩下枯败的枝干轮廓,这是蒲松龄亲手植下的一棵树,冠径达八米多,1970年代初期因为管理不善枯亡,让后人留下了不尽的叹息。大院里没有留下可以追念的风物,绰然堂朗朗的课读声早已随风远逝,万卷楼的藏书也只留下这些灰瓦般的记忆了,就连石隐园的亭台廊榭也已面目全非,无处可寻了。现如今,大院是沉寂了,甚至显得有点冷落,但它分明带着岁月的温度,见证着一代旷世逸才非凡的创造和劳作。《聊斋志异》里狐仙鬼怪的故事,像《婴宁》《画皮》等已经深入人心、家喻户晓了,尤其刀郎一曲《罗刹海市》更是引起广泛传唱,播放量已经达到上百亿次。那么,现实中真正的"聊斋"究竟在哪里呢?人们应该记住这个地方:鲁中平原上这个叫西铺的村庄。

毕家大院是当地的名门望族,出入和光顾这里的都是一些有身份、有名望的人,如刑部尚书王士祯、大学士兼吏部尚书孙廷铨、工部侍郎王鳌永、刑部侍郎高珩等人,都是毕家的常客和座上宾。当地的淄川历届县令更是鞍前马后常来拜见。毕际有在接待他们的时候,常常让蒲秀才一起陪客茶叙,真是高朋满座,欢声笑语,其乐融融。据村里上了辈分的老人回忆说,当时的万卷楼旁有座砖房,门前即雕刻着"聊斋"字样。所谓"聊斋",意即聚聊的场所,也就是现在的客厅,当时毕家会客就是在这里。可想而知,蒲松龄淄川老家的故居只有"居惟农场老屋三间,旷无四壁,小树丛丛,蓬蒿满之",可见是破败荒芜的草屋,这是兄弟分家时分给他的,并且是夫妻俩和四子一女一家七口人挤住在一起，哪里有条件提供所谓的"聊斋"呢。蒲松龄曾在康熙二十七年和康熙三十六年分别盖过几间屋子，前者叫绿屏斋，后者接续了一间叫面壁居，虽然告老还乡后才用了几年，但当时他还是兴致勃勃地都写诗记载过。先是在由十一首七言律诗组成的《荒园小构落成，有丛柏当门，颜曰绿屏斋》中表达了欣然之情，其中一首写道："环堵新除眼界宽，茅庐容膝易为安。自开自落桃花静，双去双来燕子欢。遂以牵萝烦德耀，徒将种秫问雍端。蓬蒿满径无人到，一榻清风午梦寒。"能一气为自己的新居写下十一首七律，可见蒲松龄对此是颇为满意和喜欢的，这在他的写诗历程中甚是罕见，说是绝无仅有也不为过。这毕竟是他的第一个真正的书斋，也是一个文人梦寐以求的事情，他发自内心为之高兴。此后又修建的面壁居，兴致就淡了，只写了四首《斗室落成，从儿辈颜之面壁居》，诗云："斗室颜作面壁居，一床两几地无余"。也很狭小，实在是和大户人家的毕府所不能相比的，而在毕府，不但有条件，而且具备了"谈笑有鸿儒，往来无白丁"的会客优势。私塾先生都是家里的座上客，在这样的生活环境里，蒲松龄白天一边教学授课，一边在"聊斋"中听大家畅所欲言，高谈阔论，到了夜晚他则秉烛疾书，把白天里听到的鬼狐仙怪的故事一一创作加工。毕家大院万卷楼丰富的藏书开阔了蒲松龄的视野，各类新鲜的掌故逸闻丰富了他的创作素材，给了他写作的灵感，从而造就和孕育了一代文人，使之达到了短篇小说的最高境界。从康熙十八年到康熙四十八年（公元 1679 年到 1709 年），这是蒲松龄在毕家大院潜心写作《聊斋志异》的年代，也是中国文学史不该遗忘的一页。山东大学教授邹宗良研究认为，《聊斋志异》共有 494 篇作品，其中有 460 篇作品是在毕家当私塾先生时候写的，直接写周村和周村人物的就有《鸮鸟》《安期岛》等。这期间，蒲老先生还以家乡淄川方言创作了《磨难曲》《慈悲曲》《姑妇曲》《禳妒咒》《闹馆》《钟妹庆寿》《闹窖》等多种俚曲和乡间小戏，编撰、选辑了《省身语录》《日用俗字》《农桑经》《婚嫁全书》《帝京景物略选》《宋七律诗选》等书。蒲松龄实际只活了七十五岁（因为是正月二十二去世，未过生日，亦称虚岁七十六），在七十岁前的三十年里全部是在毕家大院度过的，毕家大院给了蒲松龄安定的生活保障和丰厚的创作资源，我们有理由相信：正是现实生活中真实"聊斋"里的启发和感悟，才有了文学意义上的《聊斋志异》。由此可以下结论：毕家的聊斋成就了蒲松龄，而蒲松龄在这安逸的生活空间里完成了全部短篇小说创作大业，成就了世界短篇小说之王的地位。

历史值得记忆，更值得回味。康熙二十六年，即公元 1687 年的正月，就是在这座"聊斋"，蒲松龄第一次见到了前来走亲戚的大诗人王渔洋。毕馆主人毕际有的继室夫人是王士禛的姑母，有了这层关系，又因为蒲松龄在毕家受到尊崇，王渔洋自然对这位乡下的教书先生也就高看一眼。诗酒之间，诗人已经有些微醺了，说起正在撰写的《池北偶谈》，蒲松龄趁机把《聊斋志异》的几篇稿本让渔洋山人过目。渔洋先生大为惊奇，称赞道："八家古文辞，日趋平易，于是沧溟、弇州辈起而变之以古奥，而操觚家论文正宗，谓不若震川之雅且驯也。聊斋文不斤斤宗法震川，而古折奥峭，又非拟王、李而得之，卓乎大家，其可传后无疑也。"可想而知，以王渔洋的身份，这对蒲松龄是多么大的鼓舞啊。此后，王渔洋便念念不忘《聊斋志异》，不久即写信让蒲松龄把《聊斋志异》已经完成的部分全部给他阅读，王渔洋后来完成的《池北偶谈》其中有十一篇与《聊斋志异》记述的故事相同，无论语言、内容，甚至标题，都基本一致，其中《小猎犬》则直接标明"事见蒲秀才松龄《聊斋志异》"（《池北偶谈》卷二十六，齐鲁书社 2007 年 7 月版）。"聊斋"见证了蒲松龄的写作，也让一代诗宗与蒲松龄惺惺相惜，相见恨晚。王渔洋为《聊斋志异》所题"姑妄言之姑听之，豆棚瓜架雨如丝。料应厌作人间语，爱听秋坟鬼唱时"的诗句，更为《聊斋志异》的传播推波助澜，成为一段佳话流传至今。

　　思想的光芒一旦被语言捕获，就会穿越时间的长度，留下恒久的记忆。中国人讲究仪式感，朝觐也是一种仪式。朝觐历史，让记忆在鲜活的呼吸里慢慢苏醒，这是浪漫的旅程，也是对大地上事物的尊敬。很显然，"聊斋"和一代文学巨匠蒲松龄，就是值得人们记忆和尊敬的人事风物。历史的风烟从指缝间划过，能够留存的文化遗迹已经不多了，眼前的这座真实的聊斋以及它曾经的主人和客人，还会继续生生不息延续下去，这是宿命，确切地说也是文化赋能所链接的历史宿命。

平原的乡愁

平原上的事情就是一串生活的珠链，这些并非连贯的断片像珠子一般滚动，被有心人收藏和记忆。

这些风花雪月的事情，这些大地风物的造化，就像站立的老树，摇曳着生活万象，挥舞着不解的乡愁，风情万种，却又顾影自怜。

我总是被连绵的乡愁摇醒。乡愁像一枚月亮，是从大地上升起的。一低头就能感受到思乡的分量。

在阴影里，你更能看到光明的一面，即使月色被山的背面或树的浓阴遮蔽。乡愁也是这样，远在他乡，你更能感知乡愁的距离。

平原上的事情盘根错节，气息醇厚。我常常独自嗅到那种滋味，我不知道那是不是属于乡愁的秘密。乡愁是有气味的，在草尖上栖息，就会闻到青草的香气。挂在天空，就是蓝天的气息。泡在海里，就有了咸咸的味道。早晨，散发出太阳的朝气；夜里，氤氲着酒的醉意。

今人不见古时月，今月曾照古时人。古人好月，那时月色没有污染，只有清洁。月色其实就是一抹乡愁。

平原上的事情与乡愁有着千丝万缕的关联。平原是乡愁的一面镜子，照射着时间的秘密，也浓缩着岁月的传奇。许多往事都是从平原深处，从时间的深处，缓慢流淌出来的。就像是一段河床，绿茵覆盖，波光粼粼，但季节之外，也许下一段河面就是卵石裸露，遍野萧索。平原是站立的，也是行走的，那些记忆中的乡愁，总是剪不断理还乱，许多事物就是这样缠绵了千年，静静沉淀成一截截历史，任凭着天地悠悠，时光老去。

在我的故园，平原深处总是响起一种旋律，那是一种原始的乐声。孔子第一次到齐国都城临淄的时候，在一个叫做枣园的小村子，第一次听到了这种神奇的乐曲，竟然为之十分痴迷。是什么牵动了万世师表的圣人，让他老人家如此动容、如醉如痴呢？据传早在虞舜之时，平原上就流行着一种叫做"韶"的乐舞，民间习惯称之为"箫韶"或"韶箫"。因为这种韶乐有九章组成，所以又被人们称作"九韶"，就像古典交响乐那般美妙，应该是属于阳春白雪一类，非常高贵典雅。春秋年间，韶乐在平原上仍旧很有市场，大受欢迎。所以，孔子初闻韶乐，感受到了一种心有灵犀的洗礼和前所未有的艺术震撼。《论语·述而》把这件事记载下来，成为一段佳话："子在齐闻韶，三月不知肉味。"有趣的是，大约在清嘉庆时期，村里掘地挖出了一块古碑，碑文刻"孔子闻韶处"，枣园这个村庄因此改名为韶园。现在平原上这个村子的村北，就立着这一方石碑，石碑旁侧，还有一方"舞乐图"的石刻，刻的是两个人席地而坐，一人持管如同短笛横吹，另一人则凝视不语，若有所思。石刻下方还有两个舞女，如同嫦娥舒袖长舞，仪态十分秀美动人。可惜的是原来的石碑已经不复存在了，现在的是1911年所立的复制品。就是这件石碑，现在也是文物了，所幸透过时间的印迹，我们还依稀可见当时情景，隐约闻到那弦乐的袅袅，想象那舞姿的婆娑和香艳。

平原上的事情可以如数家珍，也可以逝者如斯。我始终瞩望着平原的呼吸，触摸着平原的脉动。我所认知的平原就像是一台老磨盘，那些丰茂的传奇和故事，都尽在转动的时间里。平原有许多生动的季节，那些来自底层的民间戏法，尤其打动人心，勾起暖暖的乡愁。犹如肌体中细密的文化细胞，这些来自民间闲暇时候自娱自乐的项目，已经成为一个城市充盈的文化血液，滋润着土地和民生，其中的闹元宵、挂花灯数百年来长盛不衰，为平原增添了一抹浓郁的乡愁。像许多地方一样，春节过后的一段空闲时间里，鲁中平原依然沉浸在浓浓的年味里。许多人在这个年节的空闲时间里，开始张罗起民间扮玩的演练了。然后集中在农历正月十四、十五、十六连续三天上街汇演，这就是传统的正月十五闹元宵，平原上淳朴的人们习惯把这种风俗称作"闹十五"，把各类杂耍统称为"扮玩艺"的。

平原上这个叫做周村的地方，在它还是一个村庄的时候，就有了闹十五的传统，到了明清时候已经在全国郝郝有名了。街上锣鼓一敲起来，四面八方的人向着同一个地方汇集，男女老少摩肩接踵，大街小巷水泄不通，真是人山人海，蔚为大观。文化大都讲求仪式感，闹十五这种仪式感十足的、根深蒂固的年文化被热情的乡亲烘托着，张扬着，凝成了一种难以融化的乡愁情结。

"芯子"是周村人的发明和创造，也是在华夏独一无二的非物质文化文化遗产。过去闹十五，人们主要就是看芯子，这是民间扮玩的重头戏。所谓芯子其实就是一个抬着的活动舞台，上面装扮出各种经典戏曲和民间故事的造型，演员全都挑选身轻如燕的童男童女，优美的扮相随着锣鼓的节奏不断颤动，给人飘飘欲仙的感觉。装扮芯子的技艺自有一套程序，这个过程被叫做扎芯子。选定的小演员被固定在芯子上，这个也有说法，叫做上芯子。小演员上芯子前一天一般就要少吃少喝，上了芯子后不能喝水，只能以糖果代替。芯子一般分为三个部分，前头是一面三角旗，写着这台芯子的名称，这就是招子；中间的叫旋络，又名花幡，主要是层层叠叠的飘带和花结；旋络后面就是扮相优美的芯子了。看芯子的人们，见了前面的三角旗，就兴奋地喊着：芯子来了！传统的芯子一般都选用十多个棒小伙子用肩膀抬着，过一段时间就得轮换。现在也有扎在汽车上的芯子，体现了现代文明和传统工艺结合的别样情趣和韵味。公元1894年，即清光绪20年，周村扎了72台芯子，每台芯子装扮有旌旗、伞扇、锣鼓队等，扮玩队伍绵延十里长街，十分壮观，可谓鼎盛至极。看芯子是过年的大戏，只有看了芯子，这个年过得才踏实。这也是过完年的一种标志，颇有一抹"曲终人不见"的乡愁。

在长长的民间扮玩队伍里，除了抬芯子外，人们还舞龙灯，摇旱船，扭秧歌，踩高跷，打腰鼓，骑竹马，令人目不暇接，大饱眼福。其中舞狮子也是周村一绝，是闹元宵的传统保留节目。过去曾流传着一首描绘周村狮子的《竹枝词》，非常传神地形容出了那非同寻常的技巧："楼前百戏竞争新，唯有狮子妙如神。绣球轻抛腾空起，翻滚扑跌赛飞云。"1953年3月，周村舞狮队在山东省的文艺汇演中夺得了一等奖，5月份他们又代表山东省在上海参加了华东六省一市文艺汇演，以精湛的演技征服了观众，一举夺得了华东狮王的称号，受到了陈毅元帅的亲切接见。

过去闹十五一般都是从上午开始，大概要持续到夜幕降临，和观赏灯会连为一个整体。花灯是周村历史上常盛不衰的风俗，人们用张灯结彩串起吉庆的往事，释放出火树银花的丰收情怀。早在公元前179年的汉文帝时代，人们就开始制作花灯。传说上元天神的生日就是正月十五，所以人们还把这一天叫做上元节，周村人则习惯称之为灯节。周村灯会的历史从明代作为开端，开市赏灯的日子一般三五天，逢上风调雨顺的吉祥年，甚至长达十几天。到了清太宗年间，周村灯节改为三天，十四日为试灯，十五日为正灯，十六日为残灯。清代进士徐文骧在《周村镇赋》中着力描绘了"千炬烛光，辉分星月；百枝灯树，影动龙蛇"的上元灯火，十分传神地反映了周村灯市豪华灿烂的一幕。远居台湾的郑陶庵先生对故乡的灯会念念不忘，他在《天下第一村观灯》的文章中回忆说，周村挂灯气派宏大，灯棚全部采用丝织品来装饰，在全国独树一帜，给人留下了深刻印象。周村灯会在清代就以巧夺天工而著称，公元1750年，乾隆皇帝和一班大臣前来赏灯，禁不住龙颜大悦，在微醺中留下了"天下第一村"的御笔，这是周村花灯的高潮，也是周村历史的绝唱。

古时候周村花灯大多以细木为框架，雕刻花纹，镶以纱绢，花灯的造型也千姿百态，有争奇斗妍的套灯，制作精巧的散灯，端庄华丽的牌坊灯，还有变幻莫测的盒子灯，内容既有《红楼梦》、《三国演义》、《聊斋》等戏曲故事，又有二龙戏珠、八仙过海、嫦娥奔月等民间传说，还有各类山水人物、草木虫鱼等，观灯就像看一幅幅的连环画，实在是各具神韵，妙趣横生，令人回味无穷。元宵之夜，平原成了灯的海洋，灯的世界，古老的乡愁气息弥漫在大地上，如同天空中的满月，圆润迷人，生生不息。

平原上的事情就是这样琐细、朴实、浪漫、热情，很像一个家族，像一个故事，像人的一生，平淡至极，也绚美至极。

平原上的事情总是被梦境占领，又总是被乡愁的春风唤醒。古往今来，乡愁是刻印在心上的风景。有时我想，乡愁不仅是一种追思和怀念，它更多的是一种生命的刻记和永恒的自语。在生命里，乡愁就是印迹，就是孤独者的梦，就是美好和惆怅。有时，我又放牧平原的纵深和悠远，感到乡愁的游离和沉潜。平原的乡愁就像一部斑斓的画册，许多画面被岁月浸染，甚至模糊斑驳，但在时间的河流上，映像袅袅，碎片氤氲，乡愁始终栖息在精神深处。平原诞生了许多光怪陆离，留下了长长的叹惋惊奇。记忆可以模糊，乡愁不会泯灭。乡愁能够感染心情，在历史的横断面上，乡愁就是一架破旧的老水车，缓慢而有力地转动不休。在故乡的版图上，乡愁融进了时间深处，弥散着斑斓的色彩，演绎出一幕幕深邃的人间大戏。

人们在情感上大都对土地怀有深深地眷恋，平原是乡愁的见证者，也是坚定的书写者。延伸的岁月继往开来，命运的脚步顽韧前行。平原上的事情从不缺席，就像恋人一样相依相守。太阳无私照射大地，照射平原，照射如烟往事。太阳是人们心中不熄的精神，是圣火，是万物生存的寄托，平原上的事情因此而光辉，而充满力量和生机。

平原上的驿站

历史总是在无声的轮回中留下一串风光却又孤独的跫音，鲁中平原谛听了一个睿智民族的进击。平原承载着时间的压力，掩去了许多沉浮的历史，也磨砺着岁月的新生。

龙山文化是新石器时代给予鲁中平原的造化，它和大汶口文化一脉相承，都是人类远古文明的珍贵遗存。那时候的鲁中平原，物野茂盛，山水相依，有着先见之明的部落在这里择水而居，生息繁衍。到了商朝，这里已经形成了城市的初步规模，部落首领把它封为於陵邑。如今，在废墟的残垣瓦砾间，人们依然可以寻访到历史的遗迹和文明的碎片。在这一片叫做"古城子"的地方，就曾经隐居着一代贤臣陈仲子。陈仲子又名田仲，以"不入污君之朝，不食乱世之食"的气节令人无限感念。我站在古城墙边，穿越周围杂乱的草木，能够清晰地听见历史的呼吸。

这是一个古老王朝的背影，残垣断壁把一页页历史沉重地压住，只有旷野的风和杂乱的石头，还在唤起人们久远的记忆，告诉过往的人们：这里曾经是一个繁华的都市。《东夷源流史》记述："於人发源于於陵，以乌鸟为图腾，后成为国名。"距今两千多年前，这个盛极一时的城市生活着我们的先辈，和我们现在生存的土地血脉相连。这是平原上的驿站，却不是普通的一处驿站。这里就是於陵国都城的遗址，也是我国现存最早的古城址之一。

我们的民族大都与城墙有关，那些伟大的城墙书写着历史的一面。城墙是有血肉的，即使沉默的城墙也有思想。如同平原的牵挂，城墙也有，无数庶民百姓在城墙里面，他们并不渴求自由，他们心安理得，他们需要的首先是安定。几千年来，小富即安还在左右并且奴役着人们的灵魂和自由。对于面前这片残存的古城遗址，《左传》对它有着生动的记载，说它始建于商周，在当时许多诸候国中势力强大。从出土的大量青铜器、玉石、陶瓷来看，於陵古城经济非常发达。当时的於陵城方圆有近两平方公里，高大的城墙厚达二十米，大小九座城门畅行无阻，十分雄伟壮观。《汉书》中提到於陵时，它的地位已经超越了一般的县城，作为国家重要的军事首脑机关驻地，其重要价值是别的地方所无法替代的。以至到了北魏年间，古城已经破败不堪了，著名的地理学家、《水经注》的作者郦道元还专门远道而来，在此凭吊遗迹，对着沧茫的山水和遍地碎砖烂瓦兴叹不已。

翻览一段脆弱的历史，许多城市的消亡大都是战乱所引起的。於陵古城也不例外。在长达三百多年的分裂割据、动荡不安的魏晋南北朝时期，於陵古城的政治和军事地位日渐衰微。这时，济南通往青州的大道改为於陵古城北边的章丘、邹平一带，从而使新兴的周村城顺应而起，渐渐取代了於陵的地位。虽然到了李唐之际，真正的周村城才浮出水面，但历史上辉煌的於陵古城到此拉上了帷幕。作为周村的前身，於陵古城代表了一个时代的终结，它告别了过去，像火中的凤凰一样，在平原上沉静地涅槃。

春秋战国的争战风云曾经一度笼罩着平原，金戈铁马，沙场滚滚。齐桓公九合诸侯，雄霸天下之后，平原上便开始奏起悠悠的齐风流韵，管仲"叁其国而伍其鄙",实施"定民之居",开创了一个伟大时代。鲁昭公二十五年,那是公元前517年的事情了,"齐景公问政于孔子"之后,先生很是留恋这个地方,趁机在平原上短暂设坛,授业讲学,留下了一片论语的遗韵。时间的印迹总是脚赶着脚,公元前125年,年仅20岁的司马迁兴致勃勃地来到齐国考察,为平原上恢弘的人文气象所慑服,他在后来撰写《史记》里的《齐世家》时,仍然忍不住感叹说:"吾适齐,自泰山属之琅邪,北被于海,膏壤二千里,其民阔达多匿知,其天性也。以太公之圣,建国本,桓公之盛,修善政,以为诸侯会盟,称伯,不亦宜乎?洋洋哉,固大国之风也!"平原上的驿站,在它还是一个村庄的时候,河流纵横,桨声帆影,交织成一片忙碌景象。周村最早谓之"水周之村",其涵意大概就与这四周的水有关。后来河流干涸了,畅通的水路改为陆地,但它作为兴旺的商品集散地却一直风光延续,地位不断提升,被人们誉为"旱码头",与江西景德镇、河南朱仙镇、广东佛山,湖北汉口并驾齐驱,弛名四方。

历史的脚步不会停滞,就像一条大河,有时匆促急速,有时缓慢蹒跚,即使在拐弯处,也不能阻挡奔流的气势。平原上的驿站似乎是沉寂的,却又是倔强不息的。这里的居民世代以务农、植桑、养蚕、织绸、贸易为生,历史上的周代时期,这里是丝织业最发达的地方,《史记·货殖列传》记载:"齐带山海,膏壤千里,宜桑麻,人民多文彩布帛鱼盐。"司马迁甚至兴致勃勃地盛赞"冠带衣履天下"。到了西汉汉武帝时,张骞开拓丝绸之路,许多商人开始把这里的丝绸产品源源不绝地运往西域,周村染织的丝绸曾经是丝路花雨的绚丽色彩,有《竹枝词》描述了当时的交易盛景:"淄水绕市半绕城,婆娑倩影丽人行。牵得骆驼访旧客,北贾南商皆识名"。乾隆年间,周村曾经有过"桑植满田园,户户皆养蚕。步步闻机声,家家织绸缎"的繁华盛景,清代道光年间的

《济南府志》亦状写"城南近周村镇处，人多商贾""俗多务织作，善绩山茧……男妇皆能为之"。平原上的驿站，是丝绸之路的发祥地。周村是丝绸的故乡，专家已经考定它不仅是鲁商发源地，也是丝绸之路的陆路源头。周村古商城大街是目前经专家考证的、连接丝绸之路源头的大路，是东西方物质文明交流最早的桥梁和纽带。旧时民间曾流传着一副对联：久闻驼铃声声传古道，长听马蹄踏踏震大街。

平原上的驿站像流动的风景吸引着南来北往的商旅，大街就像是皇冠上的明珠，是鲁商最早的贸易和发迹的胜地。一个地标的形成，需要地缘优势，也需要历史青睐。古城大街能够成为周村的标志靠的就是机缘与识见。大街最初是由绸市街演化来的。早在唐太宗年代，大街已经担负起了它通衢四方的历史使命，架构起了周村人远古的商业梦想。到了宋元两朝，周村大街已经初见规模，商旅往来，抱布贸丝，作为重要商品集散中心的地位日益引人注目。明清时期，周村大街已经完成了它辉煌的工商业奠基，蒲松龄在《聊斋志异》中描绘："康熙乙亥间，周村为商贾所集，趁墟者车马辐辏。"当时的民间也曾流传着"金周村，银潍县""济南日进斗金，不如周村一个时辰"的说法。周村大街的南邻是银子市，这条百余米的街道曾被称为中国的华尔街，早在光绪十年，即公元 1884 年，声名显赫的乔家大院就已经在此设立了大德通分号，当年十分风光的大德恒、大德川、三晋元、协成乾、裕成亨以及乾元银号、永兴银号、元通银号等都齐聚于此，甚至还有外国人开办的德华洋行等，各类银号、钱庄多达 128 家，一时票号云集，交易兴隆，街头至今仍然竖立着一块"今日无税"的石碑，这是周村大街的又一个繁盛缩影，印证着天下之货在此交易的真实一幕。大街其实并不大，全长一里多路，却见证了中国民族资本主义的萌芽，见证了中国第一个商业保税区的兴盛。这里汇集的商家店铺有两千多家，其中许多在全国都是首屈一指的，像"东方商人"孟洛川开办的"八大祥"之一的万蚨祥绸布庄，就是从这里扩展到济南、天津、北京等地，字号改为瑞蚨祥。我国第一面五星红旗就是由周恩来亲自指定选用瑞蚨祥的丝绸面料制作的。此外，周村大街上还有曾经垄断中国烟草经营的南洋兄弟烟草公司、英美烟草公司，美国美孚石油公司、大染坊、泉祥茶庄、同仁堂药铺等等，真是商幡招展，气象万千，织就了一幅周村版的《清明上河图》。

时间收藏了许多历史的密码，岁月又如春蚕一般把这些密码繁衍、缠绕，周村大街就是在风雨的飘摇和时光的叠影中凝眸于沧海桑田的变迁，一路颠簸中、回荡中，顽强地留存下了一片片古文明的见证。青石板铺设的街面，青砖灰瓦的北派建筑格调，与浓郁的鲁中地域风情相互映衬，摇曳着岁月的影子，渲染着静好的莲花。古色古香的魁星阁、千佛阁、票号展览馆一派安详从容，喷吐着文人气息的墨泉、三益堂飘溢着儒雅倜傥，被中国古建筑保护委员会的专家称为"中国活着的古商业建筑博物馆群"。不知道现在还有多少完整的文明遗迹，不断地拆迁，蚕食着越来越少的田园。尤其那种貌合神离的复建，更是一种败笔。脚下的土地到了需要保卫的时候，还有脸面去奢谈传承吗？当文明不知去向的关头，就更需要坚守的勇气。大街分明是上苍留下的传神一笔，不愧是鲁殿灵光，照亮了驿站的表情，也照亮着平原的深处和未来。

驿站是平原的良心，每一记跳动都如此清新强劲。平原上的驿站像一个沉默的聚宝盆，不仅深受孔孟儒家思想滋润，而且孕育、缔造了许许多多的民珍国瑞，周村烧饼更是独领风骚的"饼中一绝"。周村烧饼最早叫"胡饼"，东汉刘熙《释名》载"胡饼，作之大漫沍也，亦言以胡麻著上也"。那是在隋炀帝西巡之后，伴随着丝绸之路的兴盛，许多客商来周村，路上就带着这种饼，此饼落户周村后，经过许多制作师傅的逐渐改进，在传统的厚芝麻饼的基础上发展成了现在又薄又脆的大酥烧饼，全部的手工制作工艺一直延续到今天。周村烧饼在光绪年间被作为贡品运往紫禁城，1904年胶济铁路设立周村火车站后，大量的烧饼随着奔驰的列车传遍四面八方。到周村不能不品尝周村烧饼，就像北京烤鸭、天津狗不理包子一样，周村烧饼是国家级非物质文化遗产，在一定程度上体现着平原丰厚的内涵和品格。2017年冬天，我赴西安拜访著名作家贾平凹，给他带去了一盒周村烧饼，先生欣然接受，很是高兴，品尝之余，也许能为先生增添文思，可谓添了一段文人佳话。

驿站总是孤独的，但平原上的驿站却是沉静的，散发着原始的母性和旷野的刚毅，甚至也不缺乏细腻和多情。这正是一座古城精神品质的经典书写。平原上驿站的记忆斑驳陆离，一个梦就可以粉饰这些飞舞的色彩。平原的梦就是这样倔强和顽强，时间就像是一棵树，不断地缠绕，才刻印了这一圈圈的年轮。平原的树，你仰望它，它也仰望你，有一种相互尊重相互依存的气息，在旷野里也不会感到孤单。平原上的树，更像是一个人，总有一种顶天立地的伟岸。

周村是平原上的驿站，也是丝绸之路的驿站，从这里开始的辉煌，一直都是历史星空上璀璨的亮点。平原上这座小小的驿站，竟然承担着齐风鲁韵的大格局，舒展着开放的胸怀和吞吐的气魄。经过不断演变、发展、推进，在一代又一代周村人的手里，古城驿站正焕发出勃勃生机，书写下三千年不败的永恒青春。在流逝的岁月和拓展的前程里，怀念和追思就如同徐徐展开的历史大幕，让人犹如面对浩空，繁星点点，慨然兴叹，沉醉不已。

岱宗夫如何，齐鲁青未了。

"齐带山海，膏壤千里"。山东乃物华天宝、民珍国瑞所在，不仅是孔孟之乡，礼仪之邦，还是美食文化的发祥地。

鲁菜，又称山东菜，是中国饮食文化的重要组成部分，中国八大菜系之一，中国家常菜之基础。梳理鲁菜的发展脉络，必须以历史视域来审视其广袤的渊源。据考证，鲁菜发端于春秋战国，形成于秦汉，汉代前期历经"文景之治"，经济空前的繁荣，民生舒适，国泰民安，当时地主富豪出则车马华盖，居则琼台楼阁，过着"钟鸣鼎食，征歌选舞"的生活，这都可印证鲁菜已经发展到很高的水平了。唐宋时期，鲁菜已颇具规模，宋都汴梁所谓"北食"即为鲁菜的别称。明清时期是鲁菜发展的鼎盛时期，鲁菜大量进入宫廷，成为御膳珍品，"满汉全席"里面"汉席"中大多菜肴与面点主要出自鲁菜，明清两代北京的八大堂或十大堂，八大楼，八大居，顶级的二十四名店，也都是鲁菜，被誉为明清餐饮的第一方阵。

历史上对鲁菜的三个重要时段进行了合理的定位和阐释：一是古代儒家圣贤们奠定了中国饮食的审美哲学，尤其《齐民要术》首次把"蒸、煮、烤、酿、煎、炒、熬、烹、炸、腊、盐、豉、醋、酱、酒、蜜、椒"进行记述，建构了烹饪技术的雏形；二是明清时期大量宫廷菜品的诞生，成为推动民间菜品繁荣的基础；三是1904年之后，随着济南、周村开埠，鲁菜无论种类还是品质都推陈出新，更上一层楼，鲁菜抵达了无限风光的历史新高度。

历史与文化是一个地区发展变迁的轨迹和印证，周村立于齐鲁文化的交汇点，与齐风鲁味有着一脉相承的精神传统。地理区位的优势，使周村一发端就充满了蓬勃的文化生机。汉代的司马迁为撰写《史记》里的《齐世家》曾兴致勃勃地来这里考察，为其恢弘的人文气象所慑服，禁不住慨叹说："洋洋哉，固大国之风也。"唐朝诗人李商隐在周村第一次品尝到了竹笋，也忍不住赋诗道："嫩箨香苞初出林，於陵论价重如金。皇都陆海应无数，忍剪凌云一寸心。"不可否认，文化的穿透力最能深入历史的断层，也最能体现物质文明的价值。有人曾做过这样的调查，中国传统文化中，在世界上流传最广影响最大的当属烹饪文化。同样，在齐鲁文化丰厚的土壤里，烹饪文化也是非常重要的组成部分，其所承载的文化命脉有着强劲的渊源和不可替代性。从美食的角度考量烹饪的发展，它与历史文明的前进步伐是一致的。恩格斯说，火的使用"最终把人和动物分开"，食物的由生变熟，揭开了人类文明的新篇章。《诗经》里曾吟咏"岂其食鱼，必河之鲂"；《中庸》亦记载"人莫不饮食也，鲜能知味也"；连孔子也说"食不厌精，脍不厌细"；甚至北魏的贾思勰专门在《齐民要术》中记录了上百种的烹调食品，成为现存最早的一份食谱。相传齐桓公的宠臣易牙还是一代名厨，《山东通志》称"唐段文昌为相，精饮食"。而宋代《梦粱录》描绘的客人在酒店"让坐定，酒家人先下看菜，问酒多寡，然后另换好菜蔬，有一等外郡士夫，示曾谙识者，便下箸吃，被酒家人哂笑"的故实，则充满了淋漓尽致的幽默趣味。

往事越千年，饮食文化洋洋大观，一派风光。齐文化的滋养和鲁文化的润泽，让鲁菜在古城周村沐浴着文化的春晖，翱翔在一片祥和文明的空间里。朱明以降，周村作为得天独厚的著名商品集散地，尤其是中国民族资本业萌芽地的形成，使得"旱码头"的商业地位日益突出，一时间车马辐辏、商贾云集的兴盛景象被载入了史册。商业的繁盛，人口的聚集，催生了餐饮业的繁荣。周村商业兴盛于明清，美食源头也可以追溯到明清年间。大约清朝道光年间以后，章丘孟氏开始在周村投资，逐渐形成了一批实力雄厚的铺号，民国期间形成了著名的"八大祥"，即：泉祥、鸿祥、瑞林祥、万福祥、谦祥益、瑞蚨祥、春和祥等。其中以被誉为"东方商人"的孟洛川开设的瑞蚨祥为代表，其经营的周村丝绸更是名冠天下，曾经被周恩来选定为中华人民共和国开国大典上第一面五星红旗的面料，永载史册。

1904 年，周村被清政府辟为商埠，胶济铁路开始通车并设立周村站，社会知名度与日俱升，"经济总量驾乎省垣之上"，有"金周村、银潍县""颜神日进斗金，不如周村一个时辰"之说，更有"天下第一村"的美誉响遍大江南北。在这一期间商业发展达到鼎盛阶段，饮食业也进入空前未有的发展期，一个随着经济发展而声誉鹊起的名字开始呼之欲出，这就是具有鲁菜前生后世的周村版鲁菜。

据史料记载，周村版鲁菜的布局和流变分为如下几种：

第一类主要是酒楼、饭馆的菜肴，主要以瓜、果、菜、蔬、豆腐和畜禽内脏烹饪为特色，调味纯正，口味偏于咸鲜，具有鲜、嫩、香、脆的特色，有"一菜一味，百菜不重"的说法。在制作中，用爆、炒、烧、炸等技法烹制的名菜就达二三百种之多。西顺馆、北华楼、新华楼、玉圣居、燕宾楼、东顺馆、西域楼、福合楼、三义饭庄、三合馆，都是著名的老字号。

第二类是专业的肴菜店、肴鸡铺、牛羊肉摊。主要有历城帮开的聚合斋，博山刘氏开的德盛斋、异香斋，周村朝阳街上的崔家羊肉以及张家油炸馃、韩记油饼等。

第三类是小吃，主要有周村煮锅、胡萝卜下包、蒸包、热豆腐、豆腐脑、小米粥、五香卤汁羊肉等。

第四类是酱菜和点心，如周村信芳园，开设于清同治年间；桂馥园匾额是清朝礼部尚书毕通远所书；还有万通酱园，浙江绍兴人开办。豆腐乳则由南酒制作技艺进入周村。点心种类主要是周村烧饼，有聚合斋、大顺成等十多家，另外还有馨香村点心铺，华康食物店，上三元点心铺以及大量煎饼坊，馍馍坊等民间小作坊。

周村版鲁菜精于火候，善调五味，菜形大方，口味咸鲜脆润，风味独特，制作精细。据民国年间老厨师回忆：鑫华楼、燕宾楼常用山珍海味：燕窝、鱼翅、海参、鱼肚、干贝、烤鸭等。其中燕窝席在1904年到1937年间最流行，先上四干、四鲜八个美味首碟，四冷四热八个冷荤盘，四大件：燕窝汤、红烧活鲤鱼、蜜饯莲子、烩鱼肚。八中碗：清汤鲍鱼、红烧干贝、芙蓉海参、兰花大虾、精炒虾仁、汤爆双脆、九转肥肠、菊花鱼。中间上两道点心：水晶桃、山楂涝。最后四个饭菜：氽丸子、烩面筋、雪里红炒肉、三鲜汤。三十元一桌。

老厨师回忆鑫华楼的宴席，说起来也是如数家珍。翅席，以鱼翅为主菜，盘、碗、大件的数目和燕窝席相同，价格二十元一桌。海参席，以海参为主菜，这也是周村传统上所谓的"四四席"，才十元一桌。

还有一种二味席是周村的传统席，一般小户人家婚丧嫁娶，温锅祝寿，都包这种席来待客，四盘、四小中碗、十海碗，主要是鸡鸭鱼肉、肘子、豆腐等普通菜，五元一桌。

一方水土养一方人。鲁菜是集山东各地烹调技艺之长，兼收各地风味之特点而又加以发展升华，经过长期的历史演化而形成的。这其中周村鲁菜中的面点也值得称道，尤其水煎包更是深受百姓青睐。周村有名的西域楼水煎包，与周村烧饼、周村蚕蛹并称周村"吉祥三宝"。西域楼水煎包肇始于古代丝绸之路，最早起源西安回民街沙家水煎包。当年丝绸之路鼎盛，周村作为丝绸之路源头之一，吸引了熙来攘往的客商，一时成为商业盛景。客商除了将胡饼等西域特色风味小吃带到周村，也将水煎包带到了周村西域楼。西域楼是顺应丝绸之路而创立兴盛的周村老字号，经过西域楼几代大师傅不断改良，西域楼水煎包更加适合大众口味，其鸡肉煎包以其外酥里鲜，色泽金黄，余味无穷而享有盛誉。当时有民谣曰："赶集上店吃不够，西域楼包子一包肉"。民间还传说一代文豪蒲松龄设帐西埔毕家大院时，闲暇常骑驴来西域楼喝茶，之后品尝鸡肉煎包，赞不绝口，禁不住用《聊斋俚曲》唱到："西域楼一开张，别处的包子吃不香"。在西域楼，蒲松龄常听人们谈古论今，看到面前周村大街的繁荣，一时文思泉涌，在《鸮鸟》中如实写道："周村为商贾所集，趁墟者车马辐辏。"西域楼鸡肉煎包，以精粉、新鲜鸡肉、葱、姜、花椒等十多种原料，经发面、调馅、擀皮、包制、水煎而成。尤其包之前，鸡肉和菜是分开的。包时，先把菜放入面皮，然后用筷子再把鸡肉馅一块一块放入，非常精细。刚出锅的水煎包热气腾腾，香味扑鼻，油光透亮，老少咸宜，口感绝佳。

正是不断技艺的赓续，经过多少代鲁菜传人的不懈努力和创新，最终把鲁菜推到了中国餐饮的顶峰，成就了鲁菜的历史辉煌。同样，经过几代鲁菜传人的传承创新，周村风味的鲁菜终于显山露水，形成了鲜明特色。

孙中山说："烹饪之术本于文明而生。"鲁商文化的风土人情，孕育了独具特色的周村鲁菜。大街的人文支脉，积淀了深厚的文化底蕴。周村鲁菜，起源于商家，以商贾士绅上流社会为主要服务受众，以鲁菜中"馆子菜"为基础，融合了"历下风味"、"胶东菜式"及南北菜系的许多元素，形成了重鲜偏咸、讲究烹技、惯用葱姜蒜椒调味，宴席求丰盛讲规矩的饮食风格，是鲁菜的继承、推广和创新。1947年春天，陈毅、粟裕和陈世渠曾在周村率部休整，当时的市长在周村一家叫做燕宾楼的饭店宴请陈毅一行，市长点了八道鲁菜，并特别介绍说：这都是周村鲁菜大师的手艺，是周村当地风味的鲁菜。这八道菜是：奶汤白菜、苜蓿肉、米粉肉、琉璃山药、宫保鸡丁、清炒脆笋、干煸牛肉丝、海米萝卜丝汤。其中的炒脆笋，大概就是李商隐在周村所吟咏的那种笋，其味道令大家赞不绝口，陈毅竟然没有吃够，吩咐厨师又上了一盘，可见其口味受欢迎的程度。如今这道名为"将军笋"的菜已经成为周村鲁菜的看家菜，也成了周村家喻户晓的家常菜，真是：旧时王谢堂前燕，飞入寻常百姓家。

会当凌绝顶，一览众山小。透过历史的烟云，尘埃落定后的周村鲁菜文化，走的是一条脉络清晰的坚实之路。周村是明清商业重镇，商旅汇聚地，自然也是正宗鲁菜推陈出新的场所。毋庸置疑，当我们以历史的襟怀和视阈来审视、考量周村版的鲁菜发展轨迹，我们就会发现，到1949年以前，周村鲁菜已经达到了炉火纯青的历史巅峰。由于新中国建国之初百废俱兴，1950到1960年代生活困难，加上十年动乱，这期间周村鲁菜实际处于停滞阶段。至于现在有人把周村鲁菜定为"商埠菜"，也是一种尴尬现象，是没有经过科学梳理和严格论证，缺乏严谨态度和规范化标准的一种随心所欲的说法，姑且存疑，但周村鲁菜的价值和地位不会因此改变和削弱。

齐风浩荡，鲁味悠长，古城飘香。寻根鲁菜文化，它的历史是博采众长、兼收并蓄的历史，也是不断传承、创新、发展的历史。文化隧道穿越时空，如今，几百年过去了，在这片被乾隆皇帝御赐为"天下第一村"的故土上，博大深厚的丝绸文化和明清商业文化所催生出的新生事物——周村版鲁菜，正伴随着历史文明的进程倔强地向前延伸着。

第二辑

明月前身

秋水长天　不老松

谷林先生原名劳祖德，但他不喜欢这个名字，以为"天恩祖德，承受不起"，后来为《读书》写文章，便借用了女儿的名字，从此，谷林作为读书人注目的一个文化地标，让人心仪和景仰。但他给人写信却是署名劳祖德，我与止庵兄谈起老人的时候，止庵兄也是一口一个劳先生的。先生生于一九一九年十二月十二日，在他九十岁的时候去世，实际上老人的九十大寿还没有过，就匆匆走了，这一天是二零零九年的一月九日。二零零九年的春夏，何满子、丁聪先后驾鹤西去，接下来又有季羡林和任继愈在同一天仙逝，不久，备受争议的舒芜先生也去了。比起这几位文化耆宿，谷林先生显得有些寂寞，这倒也很符合他的为人，低调、平和、安静。谷林先生著作不是很多，只有《情趣·知识·襟怀》《书边杂写》《答客问》《淡墨痕》《书简三叠》等几种，并且都是薄薄的小册，如果加上他整理的五卷本的《郑孝婿日记》，也实在不能算多，这一方面是老人写的少，一方面则是老人注重自己的文字质量，出手的都是珠玑精品，从不乱写一气，心平气和，没有水分，全是经得起储藏的干货，产量自然就很有限。止庵兄说老人的文章好处就是"有感而发"，我想这也是他的作品少而精的原因。尽管作品不多，老人的读者却不逊色那些畅销书，老人的书是常销书，喜欢读的人群都是真正的爱书人和文化人，这些人的书架上都是货真价实的真东西，老人的书被郑重摆放在其中，就说明了一本好书不能以厚薄来论，一个作者的知名与否也不能以著作多与寡来区分。那些能传下来的书，那些能留下名让人记得的人，像历史上的《论语》《老子》《庄子》实在都是一些字数很少的作品，但谁能够轻视它们的作者呢。很多作家和学者都喜欢谷林先生的文章，像姜德明、扬之水、陈原、张放、黄成勇、谢其章等，尤其是止庵，他的眼光和口味很"毒"，最喜爱的就是周作人、废名、杨绛和谷林，清一色的传世名人。黄成勇也是不折不扣的"谷迷"，他主事《书友》时，每期都登一篇谷林的文章，甚至书简，在读书人心中刮起一阵旋风，争相阅读和剪贴，一时洛阳纸贵。南京书痴董宁文在这些文章基础上进行了增补后集中弄出一本《淡墨痕》，总算圆了读书人的梦，堪称美谈。

谷林先生曾给我寄赠过《书边杂写》《答客问》《淡墨痕》《书简三叠》和冯亦代的《书人书事》。每本书都钤章题字，有的还作题跋，怕印泥弄污书页，每每还要附上一小张白纸遮住印章。在《书边杂写》扉页，老人题道："零四年十一月廿七日，接袁滨先生惠函，索此旧作，厚承错爱，惟有愧汗。"《答客问》是简单的一句话："敬奉袁滨先生粲正 甲申秋日 祖德寄自北京"。《淡墨痕》更简洁："袁滨兄教正 谷林自北京五年四月"。《书简三叠》是一段题跋："二十日接到袁滨同志十七日惠函，索赠此种，翌日始得出版社寄来我托要的邮包，今方有暇赴局邮奉一本，敬乞教正 二千又五年十月 谷林"。《书人书事》也是题跋："旧书一种，还赠淄博袁滨兄，略酬垂爱，以资纪念。"从这些赠书看出，我确实给老人添了不少麻烦，索要著作，这对八十多的老人多少是一种负担，想起来很惭愧。我还收存有谷林先生给我的二十多封信，刚开始通信的时候他称呼我为"先生"，后来就亲切地称我为"滨兄"了。二零零二年我给谷林先生寄去我的一本小书《草云集》，这是我与先生的第一次联系。老人很快就写了信来，字迹工整、隽秀，写在裁成长条的有点硬的那种白纸上，看得出老人的认真和细心，信的内容是这样的：

袁滨先生：

本月七日收到您从淄博寄赠的大作《草云集》，深为感谢，适有一点杂事，没有立即奉复，十分抱歉。您认识很多作家，例如为尊著作序的王稼句，介绍您与张阿泉联系的龚明德等。却不知道这三位中是哪位介绍您送给我这本书的。您勤奋读书，文章写得紧凑简短，读后便提出问题和意见来论议，很有益处，当博一日千里的进步。您大概比张阿泉更为年青，实在可喜。不知道有无机会能在电视频道中见到您的丰采。此复，再致谢意，并祝

撰祺！

劳祖德 上（谷林是我的笔名）

二零零二年十二月十一日

老人这封信写于他生日的前日，信中猜测是谁介绍我寄书给他的，其实他说的那三位都没有给我说过谷林的地址，我是在另一位朋友那里得到的，我寄书原也没有想到会那么快得到回音，尽管老人谦称自己"没有立即奉复"，但相隔四天就回信的速度对一个八十多岁的老人来说，也是够快了。老人还猜想我可能像张阿泉一样是做主持型的记者，期望能看见我。我当时在电视台做的是编导工作，我们的节目也没有上星，不像省级电视台都是卫星传送，老人不可能看到我。我何尝不想拜访老人呢，这个愿望在两年后方才实现，那时候他还住在北京朝内

大街的一个大院里。我是和张阿泉一起造访的，那是二零零四年的冬天，北方下了第一场大雪。我们先在朝内大街的人民出版社的读者服务部购书，那天下午的时间很充足，张阿泉说谷林就住在附近，提议去看望一下。我们去的时候，老人正在窗口写字台前写字，那是后院里一座红砖旧楼的底层，我们敲了敲窗子，老人很吃惊，张阿泉来采访过，老人已经熟悉，我们走进正面的楼道里，即使在白天这里面的光线也显得有些暗，看出条件不是很好。老人出门迎接我们，把我们让到房子的里间。老人的住所陈设很简单，外间是两个老式书橱，排满了书。里间靠墙也摞着书，还有两张单人的小床，窗前是一张旧写字桌，油漆也掉了，擦得发亮，周围的墙壁有些发灰，真的是有年头了。老人后来搬迁到航天航空大学的宿舍，那里的情形我没有去过，可能要好一点吧。有一年去北京本想再去拜访的，但我在姜德明先生家听说老人神情上有些迟钝，有时候一只脚穿着鞋，另一只脚却光着，女儿回家后发现问他，竟然不知道。我听了很黯然，就没有去打扰老人家。二零零八年春天在南京，我听董宁文兄说，他刚去看望了老人，样子还蛮好的，只是行动慢，老人上了年纪，都那样的吧，就又后悔没有去北京看一看老人。在我的记忆中，老人慈眉善目，很温和，因为已经通信认识，所以没有陌生感。老人一口宁波话，听起来也很洪亮，并不难懂，个别地方听不清楚，老人就慢声细语再重复一遍。我们谈书谈人，也谈我和阿泉来北京的目的和见闻。老人说刚给我寄了《书边杂写》，到家就收到了。老人寄信寄书，从来不挂号，他说给北京的谭宗远平信寄了书，就丢了，对方要求他挂号，他没有听，还是照样寄平信。老人的做事风格就是这样，固执中有一份天真。阿泉在老人与我谈话的空隙拍了许多珍贵的照片，阿泉拍得很细，连老人写字桌的空镜头也不放过。我与谷林先生在书桌前合影，又到外间的书橱前合影，回来后我把照片寄去，老人来信说，"惠寄合影三帧，已于昨日收到，足下英姿挺秀，鄙人只有倚玉树而临风之乐焉"。当时老人的老伴也在场，可惜我疏忽了她老人家，没有和他们伉俪一起合影，每次念及，都十分后悔，这样的机会已经再也不会有了。我们告别时，老人一直送到前院的大门口，并且指着传达室说，你们寄的书信都是从这里取的。他站在那里目送我们，那身影深深印在脑海里，久久难忘。也是这次的北京之行，成全了我与阿泉的一次美好合作，我们商定要为先生的《答客问》做个评论专版，约稿名单是我和阿泉在北京财政部的宿舍里再三斟酌定下的，钟叔河、扬之水、王稼句、龚明德、薛冰、陈学勇、韩石山等都应约写了稿子，后来《清泉》整版推出，效果很好。但谷林先生在做这件事上并不支持，当初因为许多被邀请者手里没有《答客问》，需要老人为之寄书，他来信说："顷接十九日'鸡毛信'，深出意表，附下'约稿人员'，皆一代名家，惜素未通问，不敢唐突韩荆州，借以自炫，故违命办理。"有此原因，就有多位接受约稿的不能如约写出文章。尽管如此，我还是陆续把约到的稿子转寄给他过目，老人的兴致还不错，有一次他说："随信寄下评介九篇（连同你的"弁言"共总十件）都已一起拜读。因为午刻始从收发处取得，吃了午饭放下碗筷才细看，结果放弃了午寐，搞得十分疲累。你一一打印，自然尤费时力，不胜感谢。"专版大约是在一年多后刊发的，谷林先生为此专门写信：

袁滨兄：

久不通问，至深怀念。二月底曾得阿泉兄寄来绿版清泉十三期和十四期各一份。十四期题出版日期为三月一日，其中两版专论《答客问》，读之深为感愧，吾兄为此大费心机，劳累不浅，忆您曾在组稿之初来信嘱我向您约稿对象寄出此书样本，弟当时因约写诸君均非素识，如迳投样书，曲求吹嘘，未免脸面上过不去，遂未遵命，为吾兄拘成困难，今日回思，更觉不安。读此专版，修笺道谢，再致谢忱。

顺祝 百福！零六年六月一日，弟 劳祖德拜 上

老人这一解释，一目了然，问题已经很清楚了。老人非常满意这个评论专版，后来老人为我的书写序，还专门提到此事，说"两整版的对此书的评介，妙极了！逐篇都有令我感激的鼓舞"。我们原本就是想为老人做一点实在的事情，目的达到了，自然心里是高兴的。我也因此加深了与老人的感情，老人说"袁滨是我的亲密书友，也是我的冤家对头"，这话是很见意味的。

谷林先生对我的写作也多关爱和鼓励，我的《盈水诗草》印出，寄了一册求教，老人很快回信：

袁滨兄：

四天前收到惠赐《盈水诗草》一卷，敬叩谢！恍忆古诗中似有"盈盈一水间，脉脉不得语"的话，词中又有"离恨恰如春草，更行更远还生"之句，不禁悠然意远，封面装帧，清雅之至，设色殊所稀见，八一老人题扇补画，难得难得！往年偕阿泉兄枉驾所留小照，附骥承刊卷头，弟衰朽丑态无从遮掩，但余惭愧。诗当细细读去，唯恐领略体悟不能深也。

专肃。顺叩 百福

祖德 拜上 零六年双九日

我的《盈水集》的出版也多得老人呵护，他不仅为我题写了辑名，还为我的一辑文章写了序，小书出来后照例寄上一本，老人依旧鼓励有加："承惠赠大作《盈水集》，此书企盼甚久，不悉何故濡迟如此，印装

设计俱佳，极所可喜。惜弟不善书，辑印在里面辑封题字，不免有玷佳制，至感歉愧。"老人就是这样谦逊和宽厚，与他交往，如同感沐一棵大树的风姿，你可以欣赏他繁茂的枝叶，饱满的果实，你也可以在树下享受绿荫的垂爱和庇护。我曾写过几句打油诗送给老人："秋水长天不老松，向晚霞照更葱茏。砚边淡墨谷禾秀，满池清趣看落红"。老人读后说"七言贺诗，吟诵不胜惭感"，诗句是浅薄的，但让老人能感到我的一点意思，聊博老人一哂，也就很知足了。

　　如今，世界上那个慈祥和蔼的北京老人已经去了，心里默念着那个亲切的名字，与老人交往的一些旧事禁不住一幕幕浮现出来，事实上，这篇文章即使再写下去，也不可能把老人的精神和境界完整表现出来，我的闲言碎语所表达的，只是参天大树上的一枝一叶。在我的眼里，老人就是那棵不老松，那么苍翠，那么夺目，那么光彩照人。

怀念何满子

朋友海上归来后，从他那里我得到了一个迟到的消息：何满子先生已经于二〇〇九年五月八日晚在上海瑞金医院仙逝，终年九十一岁。因为在媒体做事的缘故，我是每天都关注新闻的，但关于何满子先生逝世的报道，比起当红的演艺界明星的消息，媒体的麻木和迟钝令人震惊。甚至在我每天都要登陆的中国作家网站，也找不到片言只语。何老作为一位受人尊重的著名杂文家、学者，中国作家网站的冷漠不是世态炎凉就可以遮掩过去的，作为中国作家的官方网站，他们的良心和良知何在！

我与何满子先生的亲密联系，开始于二〇〇二年。当时因为我的一本小书《草云集》，何满子先生先后给我写来两封信，其中一封还直言批评我不应该为《废都》鼓吹，我自然理解何老的苦心，内心很为先生的关怀感动。二〇〇三年，张阿泉兄在内蒙草原创办书香气息浓郁的《清泉》，我应约参与编务，受命向文化老人和著名作家约稿，像峻青、姜德明、舒婷、丰一吟、钟叔河、王稼句、王学仲、韩石山等都先后给予了大力支持，何满子先生也在其例，何老在还没有看到样报的情况下，不嫌弃民间报纸，不计较没有稿酬，第一个给我寄来了他的工整手写的大作，这就是刊登在《清泉》第二期上的《诗人热中于上舞台》。不仅如此，我们在卷首开办了一个《大家小照》的栏目，也得到了先生的厚爱，先生不仅及时寄来照片，还专门为之题词："默默地劳作，默默地奉献"。每每看到报纸上那清晰亲切的字迹，面前就映现出先生的音容笑貌，让我记起与先生见面的情景。

　　二〇〇六年盛夏，我去上海拍摄专题片，顺便拜访了何满子先生，这是我第一次见先生，也是唯一的一次。记得那是八月二十一日，给先生打电话，先生热情答应下午三点见面。因我不熟悉路，特意请韦泱兄陪同。何老亲自开门迎接，天太热，何老冲了两杯饮料给我们，然后在沙发上坐下与我们交谈。何老的书房并不大，只一间，有两架书，一张普通的写字台摆在阳台前的窗下。何老气色很好，目光矍铄，看上去好像比实际年龄要小一些。老人拿出软盒装的中华烟，让我们吸，他说一天能抽一包，原先是一天两包。韦泱兄插话说，何老喝酒原先也很厉害，现在是一点也不喝了。何老说他近来写东西很少，只给天津的《文学自由谈》写一点，精神不行了，有点嗜睡。何老还说，九十五岁是人生的一个坎，要趁这几年再编两本集子。说话间，何老的女儿进来，我才知道先生的卧室在同层楼内，由女儿照顾他和老伴。韦泱兄请何老在他带去的《聊斋故事》《一统楼诗集》等书上签名，这是先生五十年代的著作，先生很惊奇，再三问韦泱是怎么得来的。先生还在未泱兄带去的册页上题词，我也顺便请先生题写了"盈水集"、"盈水轩书简"，有趣的是，韦泱兄在盖章时把印章颠倒了，何老又为我补写了一张，这样我就收藏了两幅同样的题签。我们不敢多打扰老人，匆匆道别，老人一直送我们到电梯口。与先生分手了，但老人握手的体温依旧能让人感觉到，那么有力，那么宽厚，那么温暖。

多年来，先生对我的提携难以言表。二〇〇五年得知我搬迁新居后，先生特意为我写了一幅字加以祝贺。我的作品集出版时，他又为之题写了《盈水文录》。我参与创办的地方小杂志《旱码头》创刊，先生一如既往地慷慨题词。这些都是没有任何报酬的，想起来让我很难过，也很脸红。我最后一次接到先生的来信，是今年元旦后的几天，那是先生于二〇〇八年十二月二十九日写的"匆贺新禧"，没有想到的是，今年四月我还给他寄去了我们刚印出的杂志，可惜我没有能够打电话问候一下，以致留下了不可弥补的遗憾。

先生曾赠送我一本《读鲁迅书》，他勉励我要向鲁迅学习，可我辜负了先生的厚意，一直没有好好去读这本书。"云山苍苍，江水泱泱，先生之风，山高水长"。辛劳一生，战斗一生，如今，先生累了，坦然离开了我们。先生走了，却留下等身的著作，滋育着心灵家园，成为人们最好的精神祭奠。

忆念峻青

2019 年 8 月 19 日是一个灰色的日子，我所心仪和钦敬的文学大家峻青老师于凌晨五点零八分，在华东医院走完了他峥嵘岁月的一生。属于老人的那一段光辉历程，就像是一场大戏的幕布，被缓缓地拉上了。

一个时代有一个时代的文学经典，峻青的时代是一个英雄辈出的时代。岁月掩去了许多光荣的足迹，但时光也淘洗出了真正的金子。峻青不是那种大红大紫的作家，峻青却属于最有生命力的作家。峻青最大的文学贡献集中体现在小说和散文上，至今我们还能如数家珍地说出这些作品的名字：《黎明的河边》《老水牛爷爷》《党员登记表》《秋色赋》等等。现如今，上了几岁年纪的人都不会忘记，很多人是读着峻青的作品长大的，峻青的作品曾选入语文课本，滋润并伴随了一个时代拔节和成长的历程。

峻青是一位慈祥仁爱之人，他对故乡山东一直怀有深刻的感情，尤其对我们这些齐鲁后生更是倾洒了一片爱心，晚学如我者便常常得到他的教益，2006 年夏天，我曾去上海拜访过峻青先生，他知道我血糖高，不仅关切地询问，而且给我推荐他亲自服过的特效药品。老人亲切随和，亲手切开西瓜递到你的手里，让你不要拘谨。走的时候，还一直目送你进入电梯。每每与老人通电话或是捧读老人温馨的信笺，老人的音容笑貌就会浮现眼前，其人格魅力和淳朴高尚的情操令人肃然起敬。岁近晚境，峻青老人更是散淡若菊。这些年，老人的身体也一直受到病魔的侵扰，在一首诗中，他慨叹"乡心不与年俱老，痼疾却随日益增"。但不管身体状况如何，他一直心系故乡，心系乡亲，"一片痴情恋故土，半生壮怀写乡贤"，写照出了老人的赤子之情。峻青家乡有一座山，在他村庄后面，叫林寺山，所以他晚年写诗作画常常题名：林寺山人。2012 年 12 月上海文艺出版社"上海老作家文丛"收入了他的诗集《林寺吟草》，可见老人故土情深。

2005 年，我搬迁新居，老人得知后，意味深长的给我抄写了他自己写于 2004 年的一首《"七七"感怀》，我精心装裱后一直悬挂在家中客厅里：

衰朽无计战沉疴，每将病眼望山河。

不惜此身将就木，唯虑东邻再兴波。

位卑未敢忘忧国，躯残犹思执太阿。

堪叹当年杀贼手，戎马老将已无多。

这首诗言简意赅，爱憎分明，忧国体恤之情跃然纸上，每每目睹此诗，常常令人警醒。

近年来，老人因严重的心脏病多次住院治疗，他的病情一直令人牵挂不已。老人非常乐观，安了心脏起搏器，还给我开玩笑说，我是机器人，心脏全靠机器起动了。即使在医院的病床上，老人仍然豪情勃发，给我用墨笔写来了病床上的歌吟：

一生行迹似飘蓬，河山万里任纵横。

太行寺钟入戍梦，江淮荒鸡催晓征。

岁岁长做异乡客，年年栖居吴越城。

故里亲友半零落，缘何犹自思胶东。

老人年事已高，创作极少，但 2012 年新出版了《峻青文集》，由原先河北教育出版社 6 卷本 360 万字扩展到 8 卷本 400 万字，增补了诗歌和书信内容。在书信卷中，还收入了我和老人的 10 封通信，其中有一封写于 2004 年 2 月 12 的信长达千言，他对家乡的热爱之心、对晚学的提携关爱之情，都淋漓尽致的力透纸背了，让我晨昏吟诵，唏嘘不已。

如今，一代文坛耆宿驾鹤西游，归隐道山，世上那个可亲可敬的老人再也无法相见，往事历历，山高水长，每念于此，潸然泪下，特口占俚句以寄托无尽的哀思：

德艺双馨气傲秋，书剑峥嵘写风流。

黎明河边留绝唱，秋色长赋动神州。

纪念周克芹

　　美丽的沱江流经简阳附近的时候，有一条充满生机的河流汇入其中，这就是绛溪。风光旖旎的绛溪逶迤而下，竟然环绕出了一方形似葫芦的秀美天地，竹林婆娑、杂花生树，被称为葫芦坝。"不知哪儿来的这么多缥缈透明的白纱！雾时里，就组成了一笼巨大的白帐子，把个方圆十里的葫芦坝给严严实实地罩了起来。这，就是沱江流域的河谷地带有名的大雾了。"这是作家周克芹笔下的葫芦坝，也是他赖以生存的故土风物的真实描述。文学中的葫芦坝与现实生活一脉相连，这些风物故事就出自周克芹的长篇小说《许茂和他的女儿们》。

　　周克芹 1936 年 10 月生于四川简阳一个叫邓家湾的小山村，1990 年 8 月，年仅 54 岁的四川作家周克芹正值创作壮年，猝然离开了美丽的葫芦坝，离开了他无比醉心的小说世界，留下了《许茂和他的女儿们》《勿忘草》《山月不知心里事》《秋之惑》等 120 多万字的作品。他的短篇小说《勿忘草》《山月不知心里事》1980 年、1981 年连续两年获得全国优秀短篇小说奖，后来人们把这个奖项与中篇小说奖、报告文学奖等一起称之为鲁迅文学奖的前身。长篇小说《许茂和他的女儿们》在1982 年 12 月被评为第一届茅盾文学奖获奖作品，名列六部作品之首。

历年来，能连续获得全国优秀短篇小说奖，同时还能够折桂茅盾文学奖的实在是寥若晨星。

《许茂和他的女儿们》讲述的是 1975 年冬天四川沱江流域一个叫葫芦坝的山村，许茂老汉和女儿女婿生活以及情感纠葛的故事，看起来并不复杂的农村生活场景和矛盾斗争，在只有二十多天时间里尽情展现出来，充满了地域风情、山村风貌和政治风烟。从一个偏僻小山村，折射出中国农村 1970 年代中期的生活概貌，具有很强的现实性和历史意义。尤其是对农民心态的把握，对山谷风景的描绘，对淳朴村姑的刻画，韵味生动，清秀剔透，氤氲交织成一幅雾蒙蒙、水灵灵的山乡画卷。这种情景交融、朴素唯美的抒情风格，让人联想到孙犁笔下的景色与人物。虽然沱江和白洋淀有着地理上的距离和风物区别，但都散发出异曲同工之妙。纵观周克芹整个文学创作基调，他所倾诉的对象，他的笔意所要表达的情愫，还有他动情描写的那些美好的山村妇女群像，像《许茂和他的女儿们》里的四姑娘、《勿忘草》里的芳儿、《山月不知心里事》里的容儿、《秋之惑》里的二丫、《桔香，桔香》里的赵玉华……都与孙犁笔下的《山地回忆》中的妞儿、《荷花淀》中的水生嫂、《风云初记》中的春儿、《铁木前传》中的九儿、《村歌》中的香菊……多么神似，多么一脉相承，散发出异曲同工的韵味。孙犁是荷花淀文学流派创始人，影响了刘绍棠、从维熙、贾大山、铁凝等一批著名作家，周克芹虽然没有直接与老人接触，但受孙犁作品潜移默化的影响却是显而易见的。从文学史的视阈审视周克芹，他就是一位出色的不折不扣的荷花淀派作家。

《许茂和他的女儿们》出版以来一直畅销不衰，版本众多，但重要的、真正具有文献研究价值的版本只有初刊本、初版本、文集本三种而已。《许茂和他的女儿们》原拟名《许茂家里的女儿们》，作者想用章回体来写,共"十回",并草拟了十回的回目,像第一回就拟为:"颜少春初访葫芦坝,九妹子送客梨花岗"。创作是艰难的,翻覆思考后,才定下《许茂和他的女儿们》的书名。1978年10月写成第一章,内江地区文教局主办的文学季刊《沱江文艺》于1979年第一期(总第十六期,二月印刷)发表第一章《雾茫茫》,这也是《沱江文艺》第一次试发稿酬的一期。接着,第二期(总第十七期,五月印刷)连载第二章《未圆的月亮》。作为"建国三十周年征文作品选",《许茂和他的女儿们》是以"中篇小说连载"形式发表的,前后两期同时配发了廖心永的四幅插图。第二期文后有周克芹的"作者附记"和编者的"编后小记",说明前两章的问世,还只是《许茂和他的女儿们》的征求意见稿。到了9月份,署名内江地区文教局的《内江三十年文学作品选·沱江文艺特刊》出版,《许茂和他的女儿们》才得以全文发表。这本《内江三十年文学作品选·沱江文艺特刊》是正32开的一本书,《许茂和他的女儿们》在目录中作为小说头题,实际内容从358页至699页,是真正的压卷之作。这是《许茂和他的女儿们》的内部初刊本,作品最后标注写作时间为:"1978年初稿,1979年8月26日改毕。"这个版本虽然属于初稿本,但以后的版本包括初版本和通行本都是标的这个时间。《许茂和他的女儿们》在有限的内部发行本的阅读范围内引起热烈反响,其中就引起重庆文联知名评论家殷白的注意,随即推荐给即将复刊的《红岩》杂志,最终刊登在1979年12月出版的《红岩》文学季刊第二期(总第二期)。《红岩》的目录页头题就是:《许茂和他的女儿们》(长篇小说),实际刊登页与《内江三十年文学作品选·沱江文艺特刊》如出一辙,也是压卷之作,从第128页至240页,密密麻麻的五号字,题图和四幅插图作者为四川美术学院教授白德松。作品最后标注的写作时间与《内江三十年文学作品选·沱江文艺特刊》一模一样。但是，现存中国现代文学馆原汁原味的手稿上，在"1978年初稿"后面却填上了"于简阳"三个字，在涂抹掉"8月26日改毕"字样后，写上了"国庆改毕于重庆"，其真正原因就是，《红岩》上的《许茂和他的女儿们》是第一次公开刊载，在《红岩》正式发表前，作者周克芹在重庆又对全书进行了大篇幅修改，并且《红岩》的责编也参与了修订，这个版本实际上就是第一次修订版。

《许茂和他的女儿们》发表后，《人民日报》、《文艺报》先后发表了周扬、沙汀、殷白的推介文章，百花文艺出版社随即出版。据编辑刘铁柯在《〈许茂和他的女儿们〉编辑纪事》（《散文》2008年第11期）一文中记述：1980年元月，四川内江作家吴远人寄来了《内江三十年文学作品选·沱江文艺特刊》，周克芹本人也寄来了《红岩》。吴远人是《沱江文艺》的编辑，《许茂和他的女儿们》就是由他最早推出的。百花社收到这两个版本后，时任社长林呐拍板"成立了由资深出版家与老编辑组成的'许茂'编审小组"作为"特稿快审快办"，于1980年5月印行第一版，正32开，由画家陶家元封面设计，第一次印刷就高达16万册。这个版本与《红岩》的刊发本也有区别，主要是责任编辑刘铁柯对部分文字调整、增删，这次修订就是以后的通行本，成为定本。无论是人民文学出版社的中国当代名家长篇小说代表作、茅盾文学奖获奖作品、"送书下乡工程"版、新中国70年70部长篇小说典藏版，还是四川文艺出版社、时代文艺出版社的多种单行本，都是采用的百花版。两年后，百花社于1983年1月印行第二版，这个版本最大特色就是改为大32开，分为平装本和布面精装本，扉页后增加了周克芹黑白生活照片，照片下有周克芹手书签名，尤其是增加了画家马振声绘画的七幅彩色插图，这也是目前为止唯一的插图本，其中的布面精装本已经很难见到了。

2000年7月，四川文艺出版社为纪念周克芹去世十周年，出版了三卷本《周克芹文集》，封底醒目字体印着：首届茅盾文学奖获得者、当代乡土文学的杰出代表、中国新时期文学的一座丰碑。《许茂和他的女儿们》《勿忘草》《山月不知心里事》《秋之惑》……浓墨重彩绘就了一幅幅时代画卷。这确实是对周克芹当之无愧的评价。文集的上卷收录了两部长篇小说：《许茂和他的女儿们》和《秋之惑》。文集本有初刊本的气息，但也采纳了《红岩》修订版，是一个较之百花初版本更有味道的版本，值得重视。

《许茂和他的女儿们》出版以来，不仅被中央人民广播电台"小说连播"节目播出（1980年6月），被《新华文摘》前身《新华月报·文摘版》选载（1980年第六期，选载第一、二、五、六、九章，标明摘自《红岩》1979年第二期，全文21万字），被《中国文学》（1980年第六期）节译，介绍到国外，还被改编为电影、电视剧、戏剧、连环画等多种艺术形式，并被翻译成朝鲜文、维吾尔文等。现略述一二，作为本文的题外话。

1981年6月，北京电影制片厂摄制完成彩色故事片《许茂和他的女儿们》，编剧、导演王炎，李秀明、张金玲、李纬、刘晓庆、杨在葆主演。1982年3月中国电影出版社出版了晓黎改编的北影同名电影连环画。1981年10月，八一电影制片厂摄制完成彩色故事片《许茂和他的女儿们》。编剧周克芹、肖穆，导演李俊，贾六、田华、王馥荔、斯琴高娃、周宏主演。1981年第一期《电影新作》发表周克芹、肖穆的电影文学剧本《许茂和他的女儿们》，单行本由中国电影出版社于1981

年 11 月印行第一版，八一厂即根据此剧本拍摄。1982 年 6 月中国电影出版社出版了文友改编的八一厂同名电影连环画。由两个电影制片厂同时拍摄一部同名电影，这是中国电影史上第一次，也是空前绝后的一次。

1980 年 8 月，有巴蜀鬼才之称的川剧作家魏明伦将《许茂和他的女儿们》改编为新编七场现代川剧《四姑娘》，至 1981 年 11 月先后九易其稿，由自贡市川剧团演出，并于 1981 年 7 月进京参加了全国戏曲现代戏汇报演出。峨眉电影制片厂根据此剧本拍摄了现代川剧艺术片（戏曲片）《四姑娘》，导演郝伟光，编剧魏明伦，主演段蔚、周旋、李信元，该片于 1982 年 11 月上映。魏明伦改编的《四姑娘》初稿本由中国戏剧出版社 1981 年 4 月印行第一版，《剧本》1981 年第十二期发表，修订本由四川人民出版社 1982 年 6 月印行第一版，后作为魏明伦代表作收入《魏明伦剧作精品集》（东方出版中心 2007 年 8 月第一版）。

1984 年 8 月，《许茂和他的女儿们》朝鲜文由延边人民出版社出版，第一版印行 4780 册，崔唯勋翻译。版权页标明采用的是百花文艺出版社 1981 年 10 月第一版，不确，应该是 1980 年第一版、1981 年 10 月第二次印刷本，百花社这第二次印刷本印数已经由初印的 16 万达到 22.7 万册了。

1984 年 12 月，新疆人民出版社出版了维吾尔文《许茂和他的女儿们》，依明·艾沙翻译，第一版印数 4500 册。

1983 年 9 月，上海人民美术出版社印行了连环画《许茂和他的女儿们》，改编吴文焕，由胡震国、王守中绘画，戴恒扬封面画，64 开，分为上下两册。2015 年 7 月重新包装印行新一版，32 开精装。

2019 年 4 月，徐谋清改编，画家徐恒瑜创作的连环画《许茂和他的女儿们》由上海人民美术出版社发行，20开布面精装，一版一印800册，32开精装，一版一印2500册。

1997年四川教育出版社策划出版了一套《百部文学名著导读丛书》《许茂和他的女儿们》列入丛书之中，书名为《乡村的女儿——〈许茂和他的女儿们〉导读》，张金英编著，全书八万字，分为故事梗概、作者介绍、思想和艺术特色、精彩片段四个部分，是一本很不错的适合青少年阅读的书，1997年7月第一版，第一次印刷15500册。

此外，1980年根据周克芹原著拍摄的电视剧《葫芦坝的故事》，在中央电视台播出，是当年农村题材电视剧的成功之作。2012年拍摄的43集电视连续剧《许茂和他的女儿们》，则完全游离了周克芹版，是以"许茂和他的女儿们"为名，重新编写的一部展现改革开放成果的电视剧，根本背离了周克芹原创主题，属于续写、戏说一类，已经与周克芹无关，也就没什么意思了。

公刘（1927年3月——2003年1月），原名刘耿直。江西南昌人。1940年开始发表诗歌作品，著有诗集《边地短歌》《在北方》《白花·红花》《离离原上草》《母亲 -- 长江》《骆驼》《大上海》《公刘诗选》，长诗《阿诗玛》《神圣的岗位》《黎明的城》《望夫云》《尹灵芝》和《公刘文存》九卷。公刘1950年代以《在北方》引发诗歌风暴，1980年代以《仙人掌》获得第一届全国优秀新诗（诗集）一等奖，作为"归来者的歌"再度引领诗坛新风暴，年代愈久，霜色愈浓，公刘诗歌的谷穗如此圆润饱满和晶莹剔透，跨越了时空的横断面，他的诗歌风暴以不可遏制、无法阻挡的审美姿态在诗歌平原上劲吹不竭。

公刘是从他的《五月一日的夜晚》、从他的《阿诗玛》开始引人瞩目的，他一出场就是以时代生活的歌者姿态而定位的。一九五四年三月，中南人民文学艺术出版社出版了他的第一部诗集《边地短歌》，虽然是显而易见的稚嫩发芽，却已经唱出了新中国诗歌画眉鸟的心声。《边地短歌》中的作品大都清新、明朗，富有节奏，跳动着思想的火花。作者说这部书"内容大抵都是写的边疆和边防军，而短诗又居多数，因此将书名定为《边地短歌》"。作者写这些诗时，满怀着对新社会的激情和理想，在这些诗句中，写人、写事、写景，都充满了明丽的社会主义阳光，充满了颂赞和深情；也有的诗其题目就带着那个时代的思维和诗意的尴尬，像《这颗赤心它无比忠诚》《永远准备着》《向列宁格勒的工人敬礼》等。书中有首《候鸟飞回故乡》的诗，结尾一段颇有意味，表达了一种对自由的向往，是作者诗歌风格的最初体现："我的祖国终年炎热／我的人民却不见阳光／候鸟啊，驮我去远方／带回来自由的太阳……。"

公刘的诗句被著名诗人李瑛称之为"有血的热度"，当年的李瑛就是从公刘的诗句中汲取着营养，并让他的诗人女儿李小雨继续读公刘。确实如此，公刘经过狱火淬炼后的诗字字带血，富含钙质，有着丰厚的矿藏和艺术基因。公刘的人生之路异常坎坷，后来的诗歌笔锋辛辣，内涵深沉，多有警句，带着对生活的体验和生命的拷问，见出非凡的阅读力量，已经与《边地短歌》的抒情主体大相径庭了。公刘骨子里是诗人，血脉里流淌着激情，随时都可刮起意象的风暴，洒下意境的甘霖。但他又不仅是多情而单纯的诗人，他的情怀更多地关照着现实、理想、生命和土地。他一手写诗，诗歌是他的青纱帐，一手写小说与散文，散文是他的甘蔗林。诗歌的青纱帐和散文的甘蔗林，编织着公刘的艺术经纬和人生世界。一定程度上，忧患、悲悯占据着公刘的精神维度，他把诗歌奉为宗教，他钟情缪斯女神，他更看重脚下的土地，关注着生命的走向和背负的艰辛。他描写西部蒙古，他的《西盟的早晨》就如同梭罗笔下的瓦尔登湖，他在这里放飞诗歌，收获着丰腴的爱情和大片的理想，除了本能的栖息，他在这里放牧诗句，垂钓思想，守望精神家园，这里是他艺术的草原，是他生命旺盛、诗情蓬勃、诗意燃烧的福地。他带着边地的浪漫与唯美，带着奶茶的香甜与纯情，枕着鸟声，闻着草香，与大地相拥，与骏马共舞，与月色同眠。辽阔草原是公刘血液中活跃而多情的细胞，融合进了他的灵魂深处，支撑着他走过生命的岁月。

文学是时代的记录，是历史的映衬，诗歌作为文学星空最璀璨的星座，最为艺术和唯美地折射出生活的光华。在公刘诗歌审美的高原上俯瞰，我们的目光会因触碰而惊醒，会被感觉而震颤，在诗歌的梦乡里，公刘和他的诗歌文本，煽动起无边的风暴，制造出一种富有磁性的声音，描绘出一片唐诗般的景色，吸引我们为之驻足流连，为之分享一份无限风光在险峰的憧憬，咀嚼那不尽的艺术回甘和悠长的文本清趣。

公刘诗歌田园仪态万千，姹紫嫣红，呈现出富有情调和色彩的艺术景观，蔚然一方，独有韵味。他的作品散发着真趣，诚挚朴悫，自然清新。他讲求诗的内蕴和语感，也注重外向的模拟和表现，借以传达对生活的体察与思考。别林斯基说："任何伟大的诗人之所以伟大，是因为他的痛苦和幸福深深植根于社会和历史的土壤里，他从而成为社会、时代以及人类的代表和喉舌。"清人袁枚《随园诗话》里说："诗难其真也，有性情而后真，否则敷衍成文矣。诗难其雅也，有学问而后雅，否则俚鄙率意矣。"可贵的是，读公刘的诗，我们一方面能透视他对技艺法度的雕琢精益求精，另一方面我们也可体味到他对思想容量的开掘锲而不舍。这正如俄国作家杜勃罗留波夫说："必须到他所创造出来的生动的形象中去寻找他自己对世界的观点，这是了解他的才华的钥匙。"持之以恒的耕耘，播种的是希望的绿洲；孜孜不倦的求索，采摘的是甜美的硕果。公刘的艺术实践，生动展示出其诗歌文本的多样性和唯美性，已经汇聚成一束斑斓的艺术光芒，绚丽绽放在璀璨的诗歌星空，化为今天清晰的记忆和明天芬芳的印象。

生活的迷宫为诗歌书写提供了无限资源和机缘。《仙人掌》作为诗人公刘1980年代的诗歌形象，不仅仅因为获奖而饮誉诗坛，在诗歌风暴的走势中，更有着不可替代的价值。我们注意到他笔下浑熟的诗化气息和流畅的生活场景，那些表达诗人爱憎、体现诗人志趣的诗句，熟稔又陌生，亲切又朦胧，勾勒出一幅生动的艺术群像。我尤其欣赏公刘对于现实语境的提炼和抵达，《信》《爱是不需要浪费的》《琴》《七公尺，一百二十公尺和四千公尺》《鸡的驳斥》《再致老街》《上访者及其家属》《车过山海关》……被淋漓的诗意唤醒，像无声的画面被定格在精粹的史册里，公刘的诗歌文本优美而凝练地还原了社会现实的无奈与精彩。公刘的诗歌氤氲着婉约的清澈和轻盈飘逸的透明，他对生活的热爱，对人性丑恶的鞭挞，以及对人生的态度，都反映在诗句里，散淡的意境融会着深层意蕴，凸显出丰茂的生活资源。

诗如其人是人们对诗人的精神衡量。每一个作家都有自己的创作之源和文学根据地，这是文学地理不可忽视的地标，它们已经逾越了一般的名词意义，而打上了鲜明的个性印记，像沈从文的湘西、老舍的北京、莫言的高密、贾平凹的商州、张炜的芦青河，而公刘的诗歌背景广阔而复杂，很难用一个地理坐标来衡量。公刘的诗歌根据地极具艺术意味和象征色彩，如果进行硬性标识，那只能是：社会。别林斯基曾说："越是优秀的诗人，越是属于他所生长于其中的社会，他的才能的发展、倾向、甚至特性，也就越和社会的历史发展紧密的联结着。"丹纳在《艺术哲学》里也说："精神文明的产物和动植物界的产物一样，只能用各自的环境来解释。"鲁迅在《致姚克》的信中亦说："多年和社会隔绝了，自己不在漩涡的中心，所感觉到的总不免肤浅，写出来的也不会好。"公刘热爱着大地，热爱着大地上一切光明和温暖的事物，因此他是大地的使者，是黑暗的掘墓人，是光明的放歌者。公刘的诗歌虽然飞扬着空灵的音符，但这旋律中更多的是真情的释放，来源就是他对大地的深情和对生活质量的把握与阐释。公刘的作品内蕴高逸，气度雄远，一方面这是生活的赐予，是他挖掘与践行的结果，另一方面则是执着、痴迷、狂放的诗人本性的还原。正如法国画家安格尔说的那样："艺术的生命就是深刻的思维和崇高的激情。必须赋予艺术以性格，以狂热。"公刘始终保持着对生活坚硬的锐气，焕发着瑰异的神采，令人想起杜子美："腹中书万卷，身外酒千杯"的豪兴，想起李青莲"俱怀逸兴壮思飞，欲上青天揽明月"的壮怀，想起苏子瞻"人生到处知何似，应似飞鸿踏雪泥"的清迈。

托尔斯泰说："艺术家所传达的感情越是独特，这种感情对感受者的影响就越大。"又说："真正的诗人不由自主地、痛楚地燃烧起来，并且引燃别人的心灵，而这便是全部文学事业之所在。"公刘创作活动和对生活本质的书写，意味着诗人命运与社会生活已结为共同体。说到底，生活中不仅有苟且，还有诗和远方，这也是人生的终极意义所在。公刘才华横溢，尽管被生活玩弄却矢志不渝，公刘的写作属于为心灵写作的那一类，他的精神高原有一种贵族气质，这是清高的文本和谨严的姿态所应有的品格。作家张炜在一次演讲中说："很多人在谈到作家和受众的关系时就会说读者是上帝，要心里有读者。这和商品兜售者说的'顾客是上帝'区别在哪里？显而易见，那样说等于先自把自己的作品定位在商品上了。但是我们明白创作要充分的个人化，妥协就会失败。"真是一针见血，振聋发聩，这是贵族写作的卓越之处，也是公刘作品被人喜爱的因素。其实，古人的许多作品之所以能成为传世经典，靠的也是这样一种独立的精神气脉。那些为权贵豪门的献媚之作，大都身与名俱灭，何谈流传至今呢。

不要以为贵族写作就会弱化内蕴，就会降低细雨中呼喊的分贝。公刘曾经有过"流放改造"的岁月，经历过一段历史的暴风雪，但他却没有聂赫留朵夫对玛丝洛娃的忏悔，也没有向阳湖畔的矫情与无奈，有的却是含辛茹苦、痛定思痛之后，所饱含的对生命的忠贞和信仰的忠诚，泣血凝视和无悔选择更给了公刘诗歌风暴无坚不摧的价值。公刘诗歌淋漓尽致地代言着一个时代，也寓意着一个诗歌的神话。

徜徉在诗歌的青纱帐，公刘是一片无法阻挡的诗歌风景，高原牧歌和唯美精神彼此唱和，奔放、质朴、思辨，诗人的希望与大地同在，我们庆幸能与公刘一路同行，一路歌吟而醉。阅读公刘的诗歌，我们更能呼吸到太阳的气息，感受到诗翼自由飞翔的力量，我们从中更能一览无余生活的丰饶和富丽。

多面手韩石山

韩石山先生是一位多才多艺的人物，集学者、作家、编辑家、书法家于一身。作为作家，他又是文章的多面手，小说、传记、评论、散文随笔享誉文坛，他的笔墨有五四学风遗韵，他的笔意有鲁迅翁的锐气，他的学识、胆识和操守，分明又有正版知识分子的本色和胸襟。他的传记著作《李健吾传》《徐志摩传》是可以像他所写的主人一样传之后世的。韩石山先生关涉农村题材的小说，曾经在一九八〇年代成为一种典型，其中的《三白瓜》被翻译介绍到日本，还收入到日本出版的《中国农村百景》一书。我最早读韩石山先生的小说还是在上中学的时候，记得在《青年文学》一九八二年的创刊号上，有他的一个《房东的女儿》的短篇小说，很像孙犁《山地回忆》的风格，印象非常深。也许韩先生自己也早已淡忘了这篇小说，但它在一个文学少年的心里，意义并不寻常，就像一瓣洁白的茉莉，多少年后还在中年的茶杯里浮动着清香，这时候再读那种风情的小说，大概就是董桥所说的下午茶的感觉了。至于韩先生的泼辣率性的评论，我经常能在《文学自由谈》等杂志上读到，属于一看名字首先必读那一类的。系统的说，我觉得《文坛剑戟录》和《黑沉中的亮丽》两本书最能代表他的风骨。韩先生是有大爱情怀的，他的不宽恕、不献媚、不流俗，就体现在他的不留情面的精神拷问和文化体恤中。这是内心真情真爱的排遣呐喊，也是他的智慧学养的大写意。如果非要像梁山好汉一样排个座次，韩石山先生的写大体可归纳为：传记第一、评论第二、小说第三、散文随笔第四。这是一个没有意义的划分，真正的创作是没有高低的，只有境界的高远、风格的不同和个人的欣赏喜好，即便是托尔斯泰、莎士比亚那样的大师也是如此。体现韩石山先生编辑家胆略和水平的，是他担当《山西文学》主编后，把一份地方刊物经营得如火如荼，发行量剧增，摇曳多姿，光艳神州。那个时期成为山西文坛惹人侧目相看的热点，我熟悉的一些作家都争相阅读，大有洛阳纸贵的态势。作家杨栋的眼光很高，他很少看一般的杂志，却自费订阅了这个时期的《山西文学》。我家乡的一位文学爱好者，不仅自己订阅，还推荐让我等朋友一起订阅，好像捡到了金元宝。著书写作之外，韩石山先生也挥笔泼墨，他的书法一般很少见到，不久前他应我之请，寄来两幅墨宝。我不太懂书法，但那神韵和笔力，刚柔相济，酣畅淋漓，形神兼备，俱见才子风采。电脑时代，不要说毛笔，就是硬笔书写也很稀罕，何况还如此潇洒遒劲，如此开阔飞扬，实属文人书法之翘楚。兴奋之中，我忍不住打油了几句：铁钩银划见精神，力透纸背绝俗尘。珠玑悬壁需仰观，暑夏秀润洒甘霖。

　　古人崇尚"字如其人，人如其文"的说法，韩石山先生的艺术行为和成就再次印证了这句话的内涵。对于一个艺术家，韩先生有着自己的良心准则，他的大量著作畅销不衰，更说明了他不孤独。在一个精神残疾、钙质缺失的空间语境里，韩石山先生仿佛一盏明灯，照亮心路，告诫行者。谁与他同行，谁的心里就一片温暖和安宁。靠近智者，是有远见的选择。

书生子聪

子聪是南京爱书人董宁文的笔名，他以此名推出的四卷本《开卷闲话》清爽可人，大雅大俗，简洁灵动，乐坏了读书人，爱煞了收藏者，融会了日记、随笔、札记、小品诸文体的妙处长处，开创了一种活泼自由的新文体，使人如沐新风，酣畅无比。书生董宁文纯粹是为书而生，为书而忙，为书而活，有滋有味，乐乐呵呵，让我等好书之徒好生艳羡。他的《书缘与人缘》记述了他与前辈文化学者和爱书家的交往故实，洋溢着一份高雅和淳朴的情调，很有人情味。他主编的《我的书房》《我的书缘》《我的笔名》《我的闲章》系列，见出了策划运筹的功夫，得到了市场的检验，一时洛阳纸贵，风靡不衰。他主编的《我的开卷》《凤凰台上》装帧精美，大气厚重，既广受青睐，还夺得了出版大奖，成为读书界传诵的佳话。尤其他浸透着心血、勤恳编辑的《开卷》文化月刊，虽然是薄薄一个印张的简朴小刊，却经营得风华灼灼，春色摇曳，人见人爱，声誉日隆。尽管没有刊号，一点也不妨碍它华夏名刊的品牌。归纳起来，书生董宁文似乎有点复杂，编书著书藏书，访友交游问学，但品味他的书生本色，见了他的本人，又实在透着单纯和真挚，他常常在你兴致正浓时，淡淡来一句"好玩"，那幅神清气闲的逍遥，那份从容不迫的散淡，总归要感染你，感动你，感化你，让你不由自主就被俘虏，就被降伏，就被导引着走进他和他的书香世界。

我和子聪见过两面，一次在南京，一次在淄博。那是在一个春天，我从扬州到南京，路上先给他发短信，请他联系住宿，子聪很快联系好凤凰台饭店，该饭店系四星级，按照优惠价，六百多元一宿的房间我们只需要三百多元。到南京安顿好后，我陪同事先去游览总统府。子聪不断发短信与我联系，通知我们在总统府门外的石狮旁见面，他早已在此等候，我与他是第一次见面，但彼此不陌生，大有相见恨晚之感。子聪引导我们来到海致岚，这里很有特色，一旁是书吧，一旁是西餐咖啡厅，环境浪漫雅致，富有文化情调，让人心醉。子聪说上海的陈子善教授到南京，也是在这里聚会的，看来这里已经成为一个读书人雅聚的据点。观书的时候，子聪一直陪在身边介绍各种好书，我选购了《谢晋电影选集·战争卷》《谢晋电影选集·反思卷》《书卷故人》等书作为在此欢聚的纪念。不久，南京作家薛冰和徐雁两位先生也应约到了，我们点了青岛啤酒和可口美味的西餐，边畅饮边聊天。薛冰签名赠送《碧血丹心照汗青》，古吴轩版，系苏州沧浪亭五百名贤祠人物小品，此前我已有王稼句兄的一本《一时人物风尘外》。徐雁签名赠送《尔雅》试刊号、创刊号，分别题跋曰"袁滨兄莅临金陵留念，戊子谷雨后"、"秋水盈盈一脉深，袁滨兄留念，戊子暮春赠"，并赠送我的同事一份。子聪则赠送我一套彭国梁的藏书票，还有新出的《开卷》和《译林书评》。秦淮河畔桨声灯影，值得留恋，可记忆里还是与子聪他们的这次晤面更加难忘。后来子聪来淄博参加读书报刊会，我们又重逢话旧，可惜会议后期，他要赶回南京，以致我邀他游览家乡古商城的计划也落空了，想起来很是遗憾。

子聪住在一个叫尚书里的地方，我无缘造访，却从不同的朋友那里知道，这里汗牛充栋，藏书丰盈，每天都有来自全国的书刊抵达，是一个人脉旺盛、人心所向的雅致去处。子聪很慷慨，办事从不拖泥带水，你托办的事情他会干净麻利地搞定。他给我寄过很多书刊，像《我的开卷》《凤凰台上》《开卷闲话三编》《开卷闲话四编》等。有年春节前夕，我接到他寄来的《开卷》《书乡》《译林书评》，还特意写了一首打油诗给他："佳节添书香，友情韵味长。新春盈喜气，子聪送食粮。飞雪载高谊，开卷品华章。文脉冲云天，一派新气象。"子聪的书有自己的趣味在里面，我常放在枕边，记得我买他的第一本书是《开卷闲话》（初编），那还是去北京出差，在三联韬奋图书中心购下的。后来我到广州采访，在天河书城浩瀚的书海里，我又买了子聪的《开卷闲话续编》，这也是我在广州唯一购置的一本书。我喜欢子聪的闲话，觉得凝洁清雅，亲切温润，像老朋友间的谈天说地，很自由，很惬意。书里有大量的信息和资料，随意而不随便，有选择，有眼光，经得起品咂回味。我也喜欢他编的《开卷》，朴素的风格，低调却有自己的追求和品格，我在上面读到许多文化老人的信息和大家学者的文章，都是所谓正宗的、主流的报刊不愿意甚至不敢登载的，读完后每有所得，启人心智，教益何其多矣！我自己的文章和有关信息也曾荣登过《开卷》，这是子聪的鼓励和厚道。《开卷》出了一百多期，魅力一直不减，有许多朋友都在搜寻，想把全部的过刊都收集齐全。读完一期，我就常常盼望着，期待他给我寄来新的，我给他写过一首小诗就表达过这个意思："春风正绿江南岸，顷接《开卷》喜空前。满纸珠玑相辉映，子聪闲话意缱绻。金陵书香香万里，钟山明月情一片。沐手展读人已醉，把酒更待读新刊。"

我的乡贤前辈蒲松龄在讲述《阿宝》的故事时曾发过一通感慨：

"性痴则其志凝，故书痴者文必工，艺痴者技必良。世之落拓而无成者，皆自谓不痴者也。"天降大任，子聪多情；痴心于斯，谁解其味。子聪是读书界的"及时雨宋江"，他的《开卷闲话》是一本读书人的照相簿，积累起来，传承下去，就是一卷文化档案，是对读书人生的悠长的纪念和温暖的怀想。岁月的影像在这里鲜活定格，记忆的窗口在这里随时打开，子聪辛勤忙碌和幸福的意义，就在于不断地采集，不断地提炼，不断地植造一片绿荫，文化的命脉就此延伸下去，此书生之幸，子聪之幸，后来者之幸也。

书缘赵德发

人生讲究缘分，《诗经》上说"嘤其鸣矣，求其友声"，我始终以为同声相应，同气相求，这是人生的一种大境界。其实读书也是这样，读书就是读人，就是与朋友、与大师对话。张炜在最近出版的《思维的锋刃》里有篇文章，题目就是《与伟大人物建立关系》，张炜说："与伟大人物建立关系的方法首先是阅读，是接近他们的生命记录。不了解伟大人物，就无法学习和传播，也无法继承。……接触伟大的人物，读原著是第一要紧的事情。"周晓枫也说："阅读使我从庞大的写作者阵容里找到与自己相似的血缘。"我很喜欢张炜和周晓枫所说的这种格局。对于一个作家，真正的了解基本是来自纸面，来自阅读。我和赵德发的缘分也是这样，是阅读拉近了我们的距离，甚至结下文字的血缘。我和赵德发见过多次，也在饭局上聚过，还陪他游览过周村古城的大街，除此之外，似乎缺乏更深度的交流，但这并不妨碍我们的交集。我一直关注着他的创作，他的书除了签赠给我的，我还从网上购买了一些，主要版本大概都有了。

赵德发在山东大学作家班的时候，我就知道他。那时候我常去洪楼找同在山大作家班的老乡谭延桐、自牧，认识了作家班不少诗人、作家，我们也常常在洪楼对面的水饺店、小酒馆里喝酒、聊天，从他们口里，我知道了作家班的班长就是赵德发，是写小说的。《山东文学》1990年第一期发表了他的《通腿儿》引起了轰动，人民文学出版社《1990年短篇小说选》收入时是作为全书的开卷之作，可见其影响和分量。把50年的情感跨度和乡土风烟浓缩在一个短篇中，这需要扎实的写作功力。这篇小说我读过很多遍，每次读都有新鲜感，都有酒一样的醇厚感。

1996年第五期《大家》杂志发表了赵德发"农民三部曲"第一部《缱绻与决绝》，它的开头第一句话就很有震撼力："许多年来，天牛庙及周围几个村的人们一直传说宁家的家运是用女人偷来的。"这个开头总让我想起马尔克斯《百年孤独》的开篇："许多年之后，面对行刑队，奥雷良诺·布恩地亚上校将会想起，他父亲带他去见识冰块的那个下午。"可见，经典之作是异曲同工的，是心有灵犀的。我曾经和当时山东的评论家王光东一起谈过这部小说，王光东是第一个读过这部长篇手稿的评论家，他当时就预言这部作品肯定会引起反响，并且说书中第三卷写得最好。我后来在《淄博晚报》写了一篇短评，把王光东的话引用了。后来的社会影响也确实印证了王光东的预言，这部书和《君子梦》一起获得了人民文学奖。赵德发"农民三部曲"写出了农民与土地、农民与道德、农民与权利血脉相连的关系，写出了农民的精神沉浮、人伦欲望和政治诉求，写得大气磅礴，栩栩如生。我为《君子梦》也写过短评，还应约写了《用新的审美解读农民》的评论发在《日照日报》策划的《青烟或白雾》评论专版上。我的文章当然不足挂齿，但从中也可看出我对"农民三部曲"的喜爱，见证了我与赵德发的文字血缘。

赵德发还有一部小长篇《震惊》，似乎没有引起文学界足够的关注，但我却十分欣赏这部作品。我曾写过一篇题为《唤回一段生命的真实》的书评，其中有一节用人血脱制土坯的描写，让人想到鲁迅笔下的人血馒头，深刻得令人震惊，那种撼人骨髓的艺术穿透力，读来过目难忘。

赵德发无论是小说、散文还是纪实文学、传记文学，都得心应手，佳作频出，他的自传体非虚构作品《我的乡村教师生涯》是一部走近作家心灵的好书，鲜活的时代语境，凝重的历史审视，独特的教育视阈，宽厚的乡土记忆，把人们带入那个非常岁月，让人仰望和惦记。

阅读本身是有温度的，读书的缘分自然就显出格外的价值和分量。阅读也是一种向文学致敬，向作家致敬的仪式，我读赵德发，就始终保持这样的仪式感，与其说是书缘的继续，不如说是书梦的重温，真是无比心悦，暖意融融。

紫金山下
薛城南

　　书是有灵性的，爱书需要灵犀相通，与书相伴相舞既是上苍的恩典，也是有眼光的个性选择。作家薛冰，素喜古语"止水可鉴"，并把家中一卷卷书册比喻为历史长河中固化了的水，因而将自己的书斋名之为止水轩。止水轩这些年已经形成一个气场，作家在此运力发功，一不留神就弄了个南京藏书状元，并且赢得了江苏十大藏书家之一的美誉。止水轩位居秦淮河畔，有朋友戏称止水先生为薛城南，的确是有意味的，那是一片可以引颈神往，可以为之折腰的书香家园。

　　我与薛冰先生，联系不是很多，我约过他的稿子，给他寄过书，偶尔也通一下电话，先生待人实在，写来华笺，贶示大著，奖掖勖勉，真诚可感。我们还先后见过两面，一次是在周村，一次是在济南，先生谦和厚道，举止儒雅，印象绝佳。后来我去南京，曾打算一观他的著名的止水轩，但因时间匆促，未能造访，错失良机，至今想起，仍不尽遗憾和怅惘，也不知道什么时候能够如愿。

　　走近止水先生，最好的方法就是去读他的书。薛冰手上挥舞着三把刷子，一把用来写小说，那情调、语境、故事都颇讲究，语言也很现代。像《阎王庙》，一个普通抗日题材，经他点缀渲染，富有了传奇色彩，不动声色中暗伏机巧，刀光剑影里透出峥嵘，有生活中的影子，也有虚拟的艺术空间，这样的小说不仅具备了吸引人的元素，也具备了由单纯的故事背景向更深层面过渡的条件，作家注意的与其说是一种叙事原则，不如说是一种有分寸的阅读效果。再如《呕血谱》，我读的时候简直就是当年读阿城《棋王》的那种感受，最初好像是在上世纪九十年代的《青春》杂志上读的，十几年来记忆难泯，人物的命运也好，曲折的情节也好，小说主要还是通过塑造形象来阐释对人生的理解和生命的把握，从而反映出广阔生活的一角。薛冰的长篇小说《青铜梦》、《天长地久》、《群芳劫》，中短篇小说集《爱情故事》等都是很见特色的成功作品，如果他继续在这块土壤里耕耘，肯定和苏童、叶兆言、范小青们的收获一样大，但薛冰却在小说创作锋芒正露的时候，掉头转向了版本文化的研究。我不知道是什么因素促成了这种选择，我们失去了一个小说家，但我们多了一个文化学者，说实话，庆幸的同时我又似乎有那么一点失落。薛冰的第二把刷子是用来写书话的，他说自己写的是对"言必有据"的追求，他所写的都是自己的藏书，他在朝天宫翻遍旧书摊，悟出了"一个藏书爱好者千万不要停留在'买书家'的阶段"的心得箴言，发出了"要读出藏书的意蕴来才是"的"爱书者说"，这既可体察到他对书文化的发人深省的思考，也可看出他做事情的认真程度来。正是这样的爱书情怀，造就了他的锦绣文章，薛冰的书话意赅言实，旨趣明晰，常于不经意间闪现出妙思，他对于《插图本》的专题梳理，对于《纸上的行旅》的倾心导游，对于《止水轩书影》的精到述评，对于《金陵书话》的醉心絮语，其淘书意趣、藏读甘苦、治学心路无不刺激着读书人的神经，拍打着浪花飞溅的心岸，直令眼前一片碧绿的林子暗香盈盈，神采生动起来。薛冰的第三把刷子是用来研究南京地方文化的，在这个领域，他已经独领风骚，他的《家住六朝烟水间》、《金陵女儿》是用文化散文的形式写出的史学专著，想了解南京的风情掌故和历史风烟，不可不读。他还编著有《金陵旧事》，是"不同时期不同人物对于南京的不同表述"，配了晚清的版画和民国照片，闲暇取来翻翻，也是快意人心的事。止水轩藏书多达两万多部，其中与南京有关的各类典籍就有上千种，多年来的有心搜求，为他的写作和研究提供了帮助，他如鱼得水，尽情在书海里遨游，不断推出一本本像《江南牌坊》、《钱神意蕴》这样广受欢迎的好书。

文章写到这里，想说的意思已经差不多了，上网搜索了一下薛冰的条目，从一大堆信息中，发现了一条薛冰关心南京地铁建设的新闻。文章说，素有南京文化活地标之称的薛冰表示：地铁线命名要提前规划，并且要将历史文化与城市实际相结合。薛冰还以民国时期出版的《首都干线定名图》为例，说当时的市政部门就对全市辖区的道路命名提前做了相应规划。读罢文章，我对薛冰走出书斋，参与社会的做法非常钦敬。过去常有人以为书生百无一用，只能在象牙塔里死读书，现在持这类观念的人也还不少，薛冰的意见不一定能够保证实施，但至少提醒那些一叶障目的人：书生情怀总是诗，这诗是具有"先天下之忧而忧，后天下之乐而乐"的读书气节的。薛冰是个彻底的爱书人，他可以舍弃了客厅的空间，改造成图书馆的模样，他与书难分难舍，已经由单纯的"书虫"，幻化成了书的精灵。作家彭国梁戏称止水轩是"楼高、书多、灰厚、人好"，这虽然是朋友间的玩笑，也可见出止水轩及其主人的特色。薛冰的内力和气场，得道于此；薛冰的可爱和魅力，也来源于此。

性灵之笔

　　人与笔，总有着千丝万缕的联系，有着写不尽的情缘。

　　在过去的年月里，笔是一种文化的体现。以前曾读过画家罗中立的油画《父亲》，画面的父亲是一位饱经沧桑的农民，画家的象征意图极其明显，是以此来为苦难的劳动人民造像，记得有一个版本是在父亲的耳边画上了一支笔，诗人公刘为此写了长诗愤怒谴责："父亲，我的父亲！／是谁把这支圆珠笔／强夹在你的左耳轮？"诗人从心底发出了"快扔掉它，扔掉那廉价的装饰品"的呐喊。艺术带上了人为的痕迹，显然就虚假了。但在许多人的心目中，笔的确是神圣的，艺术家最痛苦的事情，就是被无端剥夺掉手中的笔。

　　我小时候在农村生活，那时上衣口袋里插着一支笔是很神气的，也有插着两支或三支的，那几乎就是在炫耀什么了。记忆中似乎留着分头，兜里再插一支笔的人，最起码也是个生产队的会计。我父母虽然是教师，但那时候知识分子不吃香，家里生活也是很困难的。上小学时，多是用廉价的铅笔，大概三分钱就可买到一支，五分钱就能买一支一端带着彩色橡皮的那种，但这样的情况是很少的，即使我们常用的这一种，我们也要彻底用完，手指几乎捏不住铅笔头了，再小心地用小刀把铅笔头劈开，把里面的铅取出，放到自动铅笔里，接着使用。自动铅笔大概也就一角钱左右，但那已经是奢侈品了，尽管这样，再穷的孩子也还是要软磨硬泡大人弄一支自动铅笔，目的就是像接力一样让最后一点铅派上用场。后来上了初中，我才用上钢笔，印象中那时候的钢笔质量都很好，在纸上书写很流畅，不会轻易将纸张划破。我至今还保存着上初中的一支钢笔，有时候需要填写表格什么的，还常常使用它。以前笔的样式也单调，就是铅笔、钢笔、自动笔、圆珠笔几类，现在的孩子们可就幸运多了，除了我们以前的品种外，什么中性笔、荧光笔、签字笔、电子笔、水彩笔、碳素笔等等，甚至有的笔还带有时间、日历、计算、照明和收音机的功能，名目繁多的使人眼花缭乱。时代在进步，单位里已经实行了无纸化办公，我自己也在换笔的潮流中，使用了电脑，我的朋友，作家谭延桐甚至出版的书就叫《笔尖上的河》，他说这是"对过去的一种写作方式的纪念"。电脑改变了人们的生活，也确实很便利，但生硬的程序化，使人感到冷冰冰的。比如写信，我就最爱手写，我觉得用笔写信最是雅致，最是惹人相思。电子邮件固然快捷，我却依旧钟情手写的信笺，我坚持用笔给朋友们写信，哪怕是简单的问候。我觉得信笺是世界上最温暖的风景，也是最别致的心灵音符，你寄出的和收到的是一份份心情，不论时光怎样老去，不论生活怎样更迭，这种心情谁也无法替代。

电脑省却了许多麻烦，也带给我们新的苦恼。一种事物新生了，另一种事物也许就寂寞了，好在历史就是在寂寞中书写的。说到底，笔对于文化人，就像战士的枪，其实无论电脑什么的怎么发展，都不会有大防碍，笔之于文人，那是前尘梦影，上世约定，笔和文字声气相投，相依为命，富有灵性的笔，会写出极有风致的文字，灵性既是文人的命，也是笔的魂，没了灵性，还写个什么劲！

毛边书的趣味

　　毛边书最早起源于欧洲，后传入日本，二十世纪二三十年代，经周树人、周作人兄弟的推介和引进，开始在中国大陆热闹起来，并很快在爱书人中自发形成了一个有趣的毛边党。在一个特定的历史天空下，毛边书的命运也像其他典籍一样，曾经沉寂了许多的岁月，现如今又活跃起来了，不仅在爱书人之间，甚至坊间也开始了市场运作，读者颇为不少。藏书家叶灵凤翻译过一本《书的礼赞》的小册子，其中有一篇汤麦斯·弗洛奈尔·狄布丁写的《爱书狂的病征》，文章用幽默诙谐的语调，把爱书的狂热症状叙述得淋漓尽致，说透了一个真正爱书人的特性。他说："这'毛病'常见的征候有对于下列各项的狂热：一、精印本；二、未裁本；三、插绘本；四、孤本；五、皮纸精印本；六、初版本；七、特殊版本；八、黑体字本。"狄布丁这里所提到的未裁本，也就是我们所说的毛边书，即毛装书或毛边本，称谓不尽相同，但意思是一样的。狄布丁以为，对未裁本的喜爱可说是上述八类病征之中"最古怪的一种"，他把未裁本诠释为"边缘从不曾为装订者的工具所裁剪过的书籍"，实在是精辟而又准确的。这样我们就更好理解了，毛边书其实就是天头、地脚和书口都任其自然、不加切割，因其三面皆毛，所以叫毛边本。毛边形式的版本问世以来，在欧洲极其兴盛，尤其是法国的毛边书，似乎更为独特。陈原先生在一篇文章中介绍说，在法国大凡讲究一点的文艺书籍都是毛边的，也没有什么封面设计，只是用线订在一起，读书时一页一页裁开，读完之后还可以去装订作坊，根据自己的喜好去装一个性化的封面。并且在文具店里，还有专门的封面材料和装订工具，连烫字这样的事情也能自己做，实在是让国内的爱书人艳羡的。在新文学年代，许多作家都乐意把自己的著作弄成毛边的，周氏兄弟的不用说，像萧红的《生死场》、臧克家的《烙印》、孙伏园的《伏园游记》、章衣萍的《樱花集》、曹靖华翻译的《铁流》、李健吾翻译的《莫里哀戏剧集》、刘半农翻译的《茶花女》等，就连一些期刊杂志，像创造社的《幻洲》半月刊、语丝社的《语丝》周刊、沉钟社的《沉钟》周刊、上海泰东图书局的《泰东月刊》等都做过一些毛边本，可供喜欢的人购买和阅读。毛边本外形上固然是鲁迅所说的"三面任其本然，不施切削""纸之四周，皆极广博"，但主要还是在内涵和韵致上"有一种不可抗拒的参差美、朴拙美和本色美"，同时它也是新文化流变的物证，有其不容忽视的版本学意义和史料价值。爱读毛边书的作家和学者真的是不少，他们把阅读的趣味和感受写成文章，有好事者甚至把这些文章收集起来，专门编成了一部书。他们的话品味起来也有意思，知堂的话极朴实，以为"毛边可以使书的'天地头'稍宽阔，好看一点"；晦庵爱之则"只为它美——一种参差的美，错综的美"；香港的董桥也不无感喟，赞叹"不经机器切过的毛边，尤其拙的可人"；姜德明先生曾经有过退出毛边党的意思，并写了《告别毛边党》的文章，但毛边书的诱惑力实在难以招架，在不断收到像周海婴、流沙河等人寄赠的毛边书后，姜先生因此慨叹"好像我的那篇《告别毛边党》白写了，我也说不清自己到底是否真的退出了'毛边党'"。我与谷林先生偶通素笺，有一年去北京还到他的府上拜访过，我很想知道老人对毛边书的态度，于是就找老人专门写的文章来读，老人引经据典，所谈生动传神，很有见地："毛边书况如《虬髯客传》中所说的'太原公子'：'不衫不履，褐裘而来'，令人一见顿觉'神气清朗，满坐风生'。"我所认识的一些爱书的朋友，像徐雁、龚明德、陈学勇、王稼句、张放、张阿泉、杨栋、郭伟等人，也写过一些关于毛边书的文章，我都仔细读过，获益颇多。令我开心的是，四川大学的张放先生写了《反对今书毛边本檄》，虽说是言辞铮铮的檄文，大有讨伐"洋书毛边"之意，但爱书之情仍然力透纸背，他呼吁出毛边书"至少应当使用中国画的软宣纸，以其柔软如吴侬语言，春色如西子草色，给人以形神兼备之功"，并自我陶醉道："阅读之时，必辅以唾液，指指摩娑，肌肤相亲，始得分离，读者与作者灵肉之蕴合，穿越时空，又岂今之俗人能解、妄人能道乎？"真乃恨之愈深，爱之愈切，爱恨交织，可鉴张君一片苦心矣。毛边书像一道风景，外面的人看了只为其特别的美所动，而不知道有意要去维护这种美丽的时候，其实也会遇到无奈的境况。二零零五年秋天，南京师范大学出版社策划了一套"城市文化丛书"，设计颇具才调，装帧凝洁、质古，一共四册，其中有薛冰的《家住六朝烟水间》和王稼句的《三生花草梦苏州》，听说有毛边本，我自然想得到，但过了一段时间，稼句兄来信说："本想都留下一些毛边的，但印刷厂忘了，至呼'刀下留人'时，只剩下子善一种了。"我后来读到平装本，那漂亮的版式又勾起人的欲念，若是毛边书，简直可以称的上是锦上添花了。

我喜欢毛边书，舍间存有董桥著《董桥文录》、钟叔河著《书前书后》、陈学勇编集《凌叔华文存》、章克标著《文坛登龙术》、叶小凤著《前辈先生》、高语罕著《红楼梦宝藏》、徐雁著《开卷余怀》、《徐雁序跋》、薛冰著《金陵书话》、《插图本》、龚明德著《昨日书香》、王稼句著《秋水夜读》、《看书琐记》、罗飞著《红石竹花》、黄成勇著《幸会幸会，久仰久仰》、杨栋著《梨花村随笔》、《梨花村日记》、张阿泉著《躲在书籍的凉荫里》等近百种，且大都是签名本，有的还是限定编号本。裁读毛边书的感觉，像与没有谈过恋爱的少女第一次亲密接触，洋溢着幸福的冲动和甜蜜的向往，那种小心翼翼的试探，那种初拥入怀的娇媚，那种控制不住的颤栗，那种眼神里飘动的鼓励和羞涩，使人只能微闭了双眼用心去一点点体味每一寸肌肤的好处，进入到一种毛边书的化境。不仅如此，我自己在印书的时候，也曾特意让印刷厂刀下留情，附庸风雅地做了一点毛边书，书的内容和质量实在都不怎么样，虽然灾梨祸枣，但分赠友人时还是有一点的沾沾自喜，那种况味和情趣真是只能意会，妙不可传。

至于毛边书的款式，也呈现着多样化风格。记得我在徐雁先生的《故纸犹香》一书中，读过北京大学一位老师的话，他说："真正的毛边本的规格是，只裁地脚，不裁天头和一侧。洋装书直立在书架上，裁了地脚，就和一般的裁去三边的书一样，容易站立。不裁天头和一侧，目的有二。一是相信对方一定会裁开看的，这是把对方当知音看待。因此，毛边本是持赠给好朋友的，应属于非卖品。另一个目的是，看书时，一般是翻阅书的一侧。看的时间长了，书边会变脏发黑。那时，可以用大型切纸刀顺着边切一切，边上就又干净了。"我对这个观点多少有点保留，我以为切齐地脚的二毛书如果仅仅是为了插架方便，理由似乎过于简单了。毛边书作为特殊的版本式样，有其自身鲜明的文化特色，像线装书一样，应该横着放，书脊在外，一部部摞起来。毛边书不是为插架而设计存在的，只有天毛、地毛，书口也毛的三毛书，才保持了纯天然、原汁原味的感觉，更接近完美自然的品性。因此，三边皆毛的毛边书才是真正的毛边书，这种书的价值更应该引起重视。这样也并不是说，二毛的样子就不好，毛边本的收藏应该因个人的习惯和爱好而定，不必硬性强求一致。寒斋所藏毛边书就各有千秋，像《毛边书情调》、《寻找精神家园》、《悦读》创刊号等是三面全毛本，而《解读贾平凹》、《刘雪散文》等则是天头毛、地脚毛，书口被切去一刀的那种两毛样式。还有天齐地毛、地齐天毛和天地光边惟独边毛的，颇见出了一点洋洋大观的新异。多种样式的毛边书并存，更显得书斋风华别趣，多姿多彩。至于所说的因看书使得书脏了，我觉得也不必过于担心，真正爱书的人是会处理好这个问题的。英国学者、藏书家、达累姆大主教理查德·德·伯利在著名的《书之爱》一书中，对此有过很好的阐释："首先是打开和合上书时，动作应该是温和轻缓的，不应该急急忙忙突然去翻书，也不应该在阅览之后没有认真合上就丢在一旁。因为我们保护一本书应当比保护靴子要仔细许多倍才行。……作为学者行为准则的一部分，无论何时当他们从饭厅回到书房时，必然应当是先洗手再继续读书，以免沾满油腻的手指解开书夹，或者翻开书页。也不应让一个哭闹的婴儿看大写字母中的图片，以免他用湿手指弄脏仿羊皮纸的书页，因为小孩总是无论看到什么都马上去动。此外，还有那些将书颠倒过来看还不以为然的俗人们，完全不值得享用书籍。教士还应当心那些刚从散发着浓烈烟味的炖锅边来的肮脏的卑俗之人不要接触崭新和洁白无瑕的书页，而那些手上没有污瑕的人则可提供给他们这些珍贵的书籍。……体面的双手保持清洁对于学者和对于书籍都是非常有益的，无论何时一旦注意到书稍有损害，就应当立刻修补，因为书页撕裂后就会迅速地蔓延。"伯利说的多么中肯，多么细致，已经不仅仅是告戒和提醒了，他是教育和引导人们用心去爱书，他刻在自己墓碑上的名言就是："书籍是幸福时刻的欢乐，痛苦时期的慰藉。"这已经很有点蕴藉着哲理的警句味道了。拥有一本毛边书是幸运的，裁读一册毛边书是欣悦的，收藏一部毛边书是值得珍视的，毛边书是书的贵族，我曾写过几句顺口溜，抄在这里，表白一下心境而已：

洋为中用求自然，别有风味在毛边。

韦编三绝荡清趣，天宽地阔任舒卷。

这年头出书已经不新鲜，读书人之间互相赠书已经成为寻常事。除了赠自己编写的书，偶尔也互相赠送别人的著作，读了一本好书推荐给朋友，或者自己的藏书里有了复本，转赠与人，这都很正常。我去北京姜德明先生家里，姜老就热情送了一部沈文冲签名的《毛边书的情调》。去天津大学看望书画大师王学仲先生，每次去老人也是把别人赠的一叠书刊转赠我。泰山脚下的阿滢先生喜欢收藏作家张炜的书，全国各地的朋友都伸出了手，济南的徐明祥先生甚至把自己珍藏的张炜的签名本转赠给阿滢，阿滢把这段友谊写成了文章，成为读书人的一段佳话。互相赠书是一种美德，赠书其实也是需要选择的，一本书就像一个人，在旅途上，得看机缘，看对象。识货的人当珍品，不识货的人就会弃置一边。网络上和地摊上出售的许多签名本，大概就属于丢弃的一类。湖南作家王开林专门写过《将书儿放生》的文章，他认为把别人赠送的，自己又用不着的书，送到旧书店里是"最佳的出路"，以为"能将它们买走的人一定是爱它们的人"。读书人都有自己喜欢的书籍，也都有自己的知识范围，当然，仁者见仁智者见智，你欣赏的读物，别人也可能不感兴趣，别人视为珍品的，你也许不以为然，有分歧，有存异，这很正常，你把书赠送给朋友，不要担心朋友不喜欢，真的，这不要紧，也许朋友的朋友会喜欢，那就等机会转送给这个喜欢的人，与其藏之名山，不如让书流动起来，活起来，这大概是一本书最好的归宿了。许多人其实已经在这样做了，他们把自己珍藏的签名本捐献给图书馆和学校，让书发挥更大的社会公共作用。老作家们的书在他们身后多是选择了这一点，中青年一代中，我知道的就有上海藏书家曹正文、山东作家毕四海等也是把签名本捐赠了出去。我也曾当面问过王稼句先生，他亲口告诉我，他把部分书捐赠出去了。他们都是爱书人，但他们的慷慨也很感动人，把自己用不着的书给朋友，这是多么美好而浪漫的事情。

答客问

一、每次读一定会流泪的是什么书？

读书读到一定份上，已经形成了一种习惯，快成为职业读书人了。但到目前为止，只有让我感动的书，让我心仪和喜欢的书，还没有一本书能够让人每次读都流泪。事实上不可能出现这样的事情，因为在读一本书的时候，由于心情和环境的因素，可能会流泪，但事过境迁，没有那样的氛围，或者随着年龄的增长，原先让你动情流泪的作品，以后再读，可能就效果不同了。

二、购买过全集吗？是什么全集？

非常喜欢全集，但全集不全的现象非常突出，所谓全集应该是相对的，是作品集的一种形式。我购买过很多全集，像《徐志摩全集》《朱自清全集》《三松堂全集》《郑振铎全集》《阿英全集》《孙犁全集》《王瑶全集》《臧克家全集》，还有包括带有全集性质的《叶圣陶集》《废名集》等等，外国作家的全集目前还没有收存，但我有一套六十三卷本的《诺贝尔文学奖全集》，台湾版，陈映真主编的，可惜是简装本，若是精装的，就更可爱了。

三、最不愿意购买什么书？

盗版书、商业炒作的书和明星、主持人出的书，尤其是那些攫取了地位、名誉和金钱的人所出的书，我认为他们是别有用心，想往自己脸上贴文化标签，其实适得其反，最终让人看穿了虚伪的面具，弄巧成拙。

四、从少年就开始读的书，并且仍旧让你怀有美好感情的书是？

作家冯德英的《苦菜花》，我有不同的版本。初中时候，一位临桌的同学慷慨送我，可惜没有封面，后面也缺页，边角都起卷儿了，我猜可能是初版本，这书现在我还保留着。还有一本就是巴金的《家》，是《巴金文集》里的，印象也很深。

五、常年购买的杂志是？几乎完全不买的杂志是？

多年来，我一直订阅着《当代》《小说选刊》《小说月报》《文学自由谈》《长篇小说选刊》。其中《当代》《小说月报》《小说选刊》我是从上中学时候就购买的，为了连贯性，就坚持下来了。《收获》《十月》《中篇小说选刊》《人民文学》《诗刊》等也偶尔从报刊亭购买。为女儿买过一段时间的《读者》《青年文摘》，但我自己不读。坚决不买《女友》《家庭》之类的休闲和时尚杂志，一是不感兴趣，二是家里存书越来越困难，许多杂志都打包放储藏室了，盛不下了。

六、喜欢什么样的阅读方式？是否记读书笔记？喜欢书签吗？

一字不拉的阅读一本书已经非常罕见，我都是用快速阅读法和浏览的方式来读书的，因此，从这个意义来说，正襟危坐是不适合快乐阅读的，多喜欢躺在沙发和床上读。

中学时代，看到好的段落曾大段大段抄录，甚至我曾用两天时间完整抄录过刘兆林的一部中篇小说《黄豆生北国》。现在早已没有了那种激情，也不喜欢记读书笔记，碰到真正喜欢的东西也就是多看几遍，懒得去动笔了。

有不少书签，但不使用，大多是随手夹张纸条，如此而已。

七、最近正在读的书你非常喜欢的一本是？

我正在读一本老书：《红日》，吴强著，是中国青年出版社一九五七年的初版本，与一九五九年的第二版对照读，很有意思，中学时候就喜欢这本书，故事就发生在我们临近的地区，情节很紧张，节奏把握的也好，很吸引人，但现在我已经不再为故事担忧了，我关注的是修改的细节。其实，正在读的书不一定是非常喜欢的，就像我刚看完张宇的长篇小说《足球门》，文笔很一般，但写的题材很热闹，图个新鲜而已。手边还有几本朋友赠送的书，必须读，因为要写相关的文章，这是作业，不说了吧。

八、什么书让你望而生畏？

粗糙的翻译书，饶舌的卖弄学术名词的书，还有许多经济学家预言经济发展的书、领导讲话和各类政治学习辅导材料。

九、在什么固定的书店买书吗？

原先为了买正版书，都是在新华书店购买，但新华书店不打折，有种受骗感，就改为网上买了。

十、你对市场操作下出现的一些怪异的书名怎么看？

一本好书，其实不在于书名，主要还是看文本内涵和实质。现在有些书名固然现代，像《拯救乳房》、《有了快感你就喊》等等，居然出自名家之手，可见对作品的不自信程度，有哗众取宠之嫌。我还是欣赏文化气息浓厚的著作，如果说这是附庸风雅，那么只要附庸得体，自得其乐，不亦快哉。

十一、读杂书好呢，还是多读经典？

读杂书很好，但读过杂书后，再读经典就会有新收获，重读经典的做法非常好，现在出版物琳琅满目，能够让人重读的屈指可数。经典是经过时间检验的产物，应该相信时间的公正和无情。大师之所以成为大师，靠的是实力。这些年，虚伪的东西太多，大都是被炒作起来的。重新认识大师和经典，这是精致阅读的开始。胡适、周作人、徐志摩、郁达夫、沈从文、梁实秋、林语堂、朱自清……他们都没有受到意识形态盲目的吹捧和体制的规范约束，但货真价实。我正在重新靠近他们。

十二、你对所谓红色经典有什么看法？

人们习惯把上世纪五六十年代出版的，反映战争岁月或社会主义建设的主流作品，称之为"红色经典"，像《红旗谱》《青春之歌》《林海雪原》《保卫延安》《艳阳天》等等，这些书的共性在于接受前苏联、俄罗斯和少数西欧批判现实主义作家的影响，以社会主义现实主义与革命浪漫主义相结合的手法，对历史或现实作正面的直接的反映。这些作品大都具有故事完整，冲突尖锐，人物生动，性格饱满，语言优美，爱憎分明的特点。之所以能成为经典，固然有种种历史或政治的背景，但关键还在于作家为此下过苦功，是对艺术辛勤锻打和磨砺的结果。现在有的作家长则几个月，短则十多天即可完成一部长篇。而红色经典作家大多亲自体验生活或以自身曲折经历为对象，动用几年甚至十几年的丰富积累，像柳青写《创业史》、周立波写《山乡巨变》，都是全家长期落户农村，在一线体验生活中的喜怒哀乐，作家怀着巨大的创作热情去投入生活，丰富的社会又慷慨馈赠给了作家，是作家和生活的一次完美结合，是艺术与现实长期碰撞和孕育而成的。这样完成的作品虽然不可避免地带有时代的局限，单从纯文学的角度看，还是值得肯定的，新时期一些好作品，像《平凡的世界》等，大都受过红色经典的影响。有时我想，出版社如果出版一套"原典初版"丛书，把现当代的经典作品全部恢复最初的版本来重新出版，版本研究价值肯定很大，销路也一定不错。

十三、有包书衣的习惯吗？喜欢写题跋吗？

原先的书不塑封，怕弄脏了就包书衣，现在的书用纸精良，即使不塑封也不要紧，脏了用软布一擦就是，所以不再包书衣了。至于题跋，偶尔写一点，有的写在书扉，有的就直接用电脑写，权当记日记了。

十四、有藏书票或藏书章吗？

收藏了不少藏书票，都是朋友送的，自己没有专门印制。但藏书章还是有，并且有好几枚，请篆刻家专门刻制的，却不经常用。我认为藏书票是舶来品，属于洋货，而藏书印是中国的传统，并且从形式上看，洁白的书页盖一个鲜艳的印章，实在是很雅致的，贴一张藏书票就没有这样的效果。

十五、喜欢哪一类的书？喜欢谁的著作？购买画册吗？

我的兴趣是当代文学，尤其是一九七六年之后的新时期文学，自己写诗，写书话、随笔，也写小说，因此买书很杂，美学和哲学方面的书也有一些，但主要是小说和诗集。现代作家最喜欢周作人，当代的我喜欢张炜、贾平凹和王安忆的书，他们的主要作品都收全了。画册基本不买，但很喜欢读画，也收藏一点字画，手边的几种画册除了《中国现代美术全集·插图》是专门购买的，其他多是赠品。

十六、一直想买的书是什么？

一直想买《周作人散文全集》和《丰子恺文集》，但价格太贵，还在等待机会。

十七、有写书的打算吗？

写过几本小书，因为要上班，没有完整的时间，只能写一点小东西，像书话、诗歌什么的。但很想写一部长篇小说，很想把它推向市场。

十八、知道一本新书，更喜欢从书店买回来看，还是去图书馆？或者在书店看，只看不买？

读书人都喜欢把书据为己有，所谓书与老婆不借的心态，很是形象生动。看到一本好书，想方设法也要弄到手，因此从书店买书是最好的办法，不去图书馆，更不在书店只看不买，自己动手，丰衣足食，大快朵颐，此乐何极！

十九、怎样定位自己的书房，藏书多少？

读书人一定要建立自己的根据地，书房不一定大，不一定华丽，自己感到舒适就行。当然有条件把书房弄大一点也不错，看着壮观，使用起来也方便，但我觉得有个安静读书的地方不难做到，难的是怎样经营和守护自己的家园。书过多过杂显得滥，不一定就有用，不提倡多多益善，得适合自己的兴趣和爱好，不是所有的书都值得藏，一定要建立自己的专题，否则好书是藏不过来的。书房藏书一般五千册到一万册就可以了，兵不在多而在精，就是这个道理。

水边的诗草

多少年来，我一直过着一种简单的生活。读书和写作是一种多么平凡的劳动，但又是多么需要毅力和耐力的活儿。我把它视作生命的延伸和补充，尽管我们的生活中充满了金粉的气息，但书香的独特味道仍让我痴迷，让我沉醉，让我不能放下手中的劳动工具。我曾长期在政府机关冰冷而程序化的氛围中工作，我深深地体验到它的无情和缺乏理智。在机关你注定要被一把柔韧的刀子割掉智慧和灵气，你注定不会有亲近的真正意义上的朋友。你整天沉浸在编织谎言的机械运动中，你一不小心就会被出卖和打击，那些跳动的幸灾乐祸的眼神意味深长。鲁迅的时代固然黑暗，但将近一个世纪里，我们仍挣扎在先生的话语中。比黑暗还长的是期待，因此读书之外，我又把这种彷徨的心态用笔呐喊出来，这就是题作《机关》的那些零碎文字。我不断地读着手边的书，我也不断地思考着一些似是而非的问题，两种现实结出了两种不同的果实。读书随笔显然有一份书生意气，带着我和岁月亲近的体温，而关于《机关》的笔墨则有一点愤世嫉俗的无奈，政治上我是稚嫩的，如同我笔下流淌的文字，我不可避免地带着观察和写作上的偏激，但我也得承认，只有这部分文字才最真切地和我骨肉相连。读书生活的生命之轻，机关人生的承受之重，既然我无法摆脱，我也就只好默默前行，忍受着寂寞，在路上感受世事的苍凉，采摘下一些零星的苍翠的枝叶。但近些年来，我写关于读书的文章多些，对诗似乎就有些疏远了。不是我冷落了诗，其实我是从心里喜欢这种文体的，诗表达了我对生活的希望和生命的自信，我的青春岁月是在诗歌陪伴下走向成熟的。没事的时候，我常翻一些诗集看看，去书店的时候，也很注意新诗集的版本。诗对于我，曾经是生命的一段历程，我有意识把写诗作为一种生活方式，也把它作为练笔的一种好办法，努力使自己笔下的文字富有灵性一点，纯粹一点，目的就是让文章更有意境，更有韵味些。读诗写诗多了，我发现中国的诗人年龄大了，写诗的激情就淡了，有许多人甚至转向了散文随笔的写作；可是外国的诗人，年龄越大，诗思越浓，写的诗依旧富有弹性和冲击力。我不知道东西方在这方面究竟有什么不一样的地方，我无能为力去改变这种现象，可怕的情景似乎在我的身上也越来越显出来。我要趁着自己的诗思还未泯灭的时候，再做一回诗人的梦想，最好的办法当然就是编集一本小书，一是总结回顾一下作诗的历程，作为已逝年华的一点纪念。这对自己既是安慰也是激励，觉得是一件有意思的事情。二是自从灾梨祸枣地印行了《草云集》后，它的文本的硬伤和印制的粗疏，让我很不满意。我很想找一个机会，圆一个书香之梦，于是也就有了这本小书。

下面该说说有关书名的事情了。

书名其实并没有多少深意，我的名字中有一个水字旁，与水的这种情缘使我长久以来一直要取一个与之相关的斋名，于是就去古诗中翻，当我从《古诗十九首》中发见了"盈盈一水间，脉脉不得语"这两句诗时，我觉得多年来所寻觅的东西已经有了一个归宿。文字表面带来的视觉冲击毕竟是短暂的，但它带给我的长久的心灵感受却新鲜地发酵着。我不断体味着这两句诗那饱满而又含蓄的内涵，意识中就有了要将她取作斋名的念头了。

二〇〇五年春天，当我从狭小的"草云斋"搬迁到新居的时候，我立即做的事情就是自己设计了五个顶天立地的大书橱，五个书橱自然不会容纳下我全部的藏书，但看着一排排的书不再寂寞冷落，接近不惑的我终于感到一种安静和轻松，我知道，理想中的"盈水轩"就是在这里了。尽管书画大师王学仲先生已经给我题写过"草云斋"，这次依然热情挥毫泼墨，所书"盈水轩"酣畅大气，韵味十足，熠熠生辉。唐宋元、王稼句、徐重庆等先生也题了各有千秋的"盈水轩"字额，轮番悬挂，景色常新，悦目心醉，好不畅快。从那时起，我就想再出集子的时候干脆就以此为名吧。

我不是一个勤奋的人，读的多而写的少，更多的时候则是陷于眼高手低的困惑之中。书稿编讫，正是新年的开始，漫天的飞雪舞蹈着，似乎没有边际，没有尽头，我知道，其实用不了很久，满眼的新绿又要把岁月延伸在无限的希望里了

走近书天堂

秋天了，满眼里都是收获。

我是很欣赏"盈盈一水间"这句古诗的意蕴的，单就读书写作来说，清盈盈的水来那个蓝莹莹的天，心清气爽，这么好的氛围，即使什么也不做，脉脉与书相视，也极有情调。古诗所谓"脉脉不得语"，实际上还是有话要说，只是无从开口，无处倾诉。我们姑且不管这个意思，另辟蹊径，那就脉脉心曲，对袅袅书香，不语也正是说不完的话，道不尽的情。爱书人，读书人，面对书，就是面对恋人，面对红粉知己，那份情愫和痴情表现，就是宝哥哥对着林妹妹。真爱书者，皆有同感，都体验过这种妙不可言的缠绵。我把这本小书取名《不能拒绝的美》，就是这个意思。读书是美妙的，你真的无法拒绝。我很喜欢这个自得其乐的意境，并且郑重其事前往西安，请贾平凹老师题写书名，承蒙不弃，贾老师欣然题之，这是应该要感谢的。这本小书所记写的其实还是关于书的一点随感，按时下流行的说法，似乎属于书话一类。说起书话，不妨也说一点自己的感想心得。

书话作为文体，基本已成共识。但书话泛滥，书话体例的不统一不认可，也多诟病。书话大都以唐弢先生文本为圭臬，传承至今，是范本了。没有人怀疑《晦庵书话》的经典价值和意义，先生"需要包括一点事实，一点掌故，一点观点，一点抒情的气息"的建议，是对书话最具体真切的定义。实际上，后来的书话都缺少这些珍贵元素，多以抄写内容提要、介绍版本特点、状写得书经历、描摹悦读心得之类为主。人云亦云多，自己观点少；引用正文多，故实发见少；皮毛议论多，性灵鲜活少。书话是小众读物，书话是醉书人语，是书香版《世说新语》，是"都云作者痴，谁解其中味"的风花雪月，是《湖心亭看雪》超然物外的禅境。窃以为，书话就是话书，除却道貌岸然的学术论文外，带有评论色彩、散文意蕴、随笔味道、小品性质的与书有关的一切文章，写人、纪事、序跋、书评等等，都可以视为书话，或者视为准书话、书话衍生品，洋洋洒洒，蔚然大观。我们生存在一个宽容的时代，也是一个包容的岁月，文以率性真情为美，辞以达意述怀为善。《礼记》有言："情欲信，辞欲巧。"书话写作就是讲求情真语巧，对书对人没有感情，语言拖泥带水，言左而顾右，这是书话之忌。古人说无巧不成话，书话不是写故事，不需要巧合，但书话就是无书不成话，本质上就是要围绕书来说话。司马迁说过，"究天人之际，通古今之变，成一家之言"，这个意思用在书话写作上，未尝不可，书话就是要探究书与人的关系，就是要贯通过去与现在版本的流变，就是要有自己的发现，成就一家之思想与精神。

书话不要带着思想的镣铐，不要带着精神的枷锁，更不要故作高深的深沉博大。书话就是轻松、自由、随意、真切，在这样的语境里，与书耳语，拥书醉眠，不亦快哉。

现实毕竟与读书是有距离的，难得的是看破红尘。白天物欲横飞，夜色沉静复古，为自己营造一个盈水话书的天地，每一颗心灵都是书香的港湾。记住，书与人同在，我与你相视，脉脉一水间，就是莫逆于心。

你走近的是书天堂，获得的是整个世界。

第三辑

人文行旅

初暗多瑙河

西行的第一站是德国中世纪的古城欧顿博克。

德国是一个典雅的国度，在这典雅中有一份古朴庄重。歌特式的建筑、欧陆式的古堡，还有这些神秘的教堂，这一切形成了它的独有的特色。置身其中，真是别有一番情调和韵味。

欧顿博克是一座历史悠久的城市，也是在第二次世界大战中，唯一没有被轰炸的城市，从保留完整的古老建筑中，我们可以一睹它昔日的风采。我们漫步在环境优雅的大街，迎面驶来的旅游马车把我们带到了一个新奇的画面中。

富丽堂皇的建筑，宽敞明净的大街，古色古香的马车，为这热闹非凡的街景凭添了情趣，令我们目不暇接，流连忘返。

在欧洲，在风格各异的建筑中，几乎都存有教堂的一席之地。当悠扬的钟声敲响的时候，我们仿佛庄严的朝圣者，怀着无限虔诚，去沐浴神圣的洗礼。

盛开在街头的郁金香，明丽而又耀眼。它静静地绽放着，让我们感受到了德国人美化环境的浓厚氛围和富有成效的人文景观。

下午，我们乘大巴到达德国另一著名城市乌尔姆。美丽的多瑙河横贯市区，把它分成新旧两城。这里有世界上最高的教堂，其高度达一百六十一点九米。

颇具艺术匠心的石像，精致的贝雕，都明显地带着神秘的民族特色。

每一个雕像的后面，都掩藏着一段历史，一个传说，一个神奇的故事，令人心驰神往。而墙上的这些神父的画像，则告诉着人们这座教堂的历史和曾经有过的岁月的沧桑。

走出教堂，外面是亮丽的阳光，在蓝天的映衬下，大教堂显得更加宏伟壮观。

在叮叮咚咚的钟声里，和着富有韵味的节奏，我们漫步在宽敞的街道上，顿感气清神爽，心旷神怡，深深为之陶醉。

浏览市区，一条明净的河水吸引了我们，这就是著名的多瑙河的一条支流，如此清澈的水，一尘不染，在林立的楼房和嘈杂的市声里显得宁静而不俗。它深得多瑙河之大气和神韵，默默流淌，不舍昼夜，从这清亮亮的河水里，我们体察到了德国人无处不在的环保意识。

以这河水，这红瓦白楼作衬，在这绿意葱茏之中留下剪影，让我们细细去体味这说不尽的优美和秀丽。

这一晚，我们就住宿在多瑙河畔这座美丽的城市。

走近慕尼黑

西欧之旅，有许多的城市在记忆中一闪而过，但有一个地方却让我们有一种接近的冲动，这就是慕尼黑。

它位于阿尔卑斯山北麓，多瑙河支流伊扎尔河畔，历来为南欧通向中欧、北欧的交通要冲，始建于十二世纪，六十世纪开始成为政治和艺术中心，号称博览会之城，国际会议中心，一年之中竟有八千五百多次国际会议。该城盛产啤酒，还享有"啤酒城"的美誉。著名的西门子公司的总部即设在此地。

战争的创伤给德国人蒙上了巨大的阴影，但战后的德国却以其惊人的速度迅速崛起。它的发达的工业，高度的物质文明和现代化令世界瞩目。

别具一格的建筑深深吸引着我们的目光，沉浸和徜徉在这美丽的建筑之中真是一种莫大的享受。我们被市内优美的环境所打动，众多的教堂和宫殿促进了旅游业的发展，吸引了来自世界的人们。但就是这座美丽的城市，在第二次世界大战中曾遭到严重的破坏，我们眼前的慕尼黑是战后重建的，早已不见了战火硝烟的痕迹，更多的是繁荣和平的景象。

流连在这繁华的街头，看着这些斑驳陆离的壁画，这些栩栩如生的，充满异国情调的雕像，怎能不为人类的智慧和文明而惊叹！

伫立街头，胸中是陌生的街景，我们为这些巧夺天工的艺术而陶醉，它们是无声的，但这无声的建筑却富有生命的灵性，托起了一个城市的无限荣光。

人们创造了历史，创造了文明，人们也有权利去分享这创造的欢乐和乐趣。

我们沉浸于慕尼黑市中心的神奇景象，雕梁画栋的大剧院，超凡脱俗的大教堂，不拘一格的大石雕，扑面而至的民间风情，真令人耳目一新，叹为观止。

梦萦维也纳

奥地利是"音乐之国",维也纳则是"音乐之都"。在这里,每一下的呼吸,每一次的心跳,几乎都富有音乐的节拍,就连空气,似乎也飘荡着精灵般的音符。

维也纳是悠久而又梦幻般绚丽的,这是一座历史文化名城,公元一世纪就是罗马帝国的要塞。多瑙河水流贯市区,圣斯丹芬大教堂、凡尔凡德尔宫等建筑世界驰名。一八〇一年建成的维也纳歌剧院,堪称世界歌剧中心。

在著名的维也纳城市公园,苍翠的绿树,优雅的风物,鲜艳的花木,还有极富艺术匠心的雕塑,清新湿润的林荫小径,叠印成了一幅幅绚美的画卷,透视出了清明旷远的文化品位。

施特劳斯是维也纳的骄傲,也是世界的骄傲。在维也纳城市公园,有一座施特劳斯著名的青铜雕像,这座美丽的雕塑是维也纳城市的象征,从世界各地到维也纳的人,都要在这里拍照留念。在他的塑像前,我们沉醉,我们神往,我们倾听着无声的《蓝色的多瑙河》,一任美妙的音乐从心间流淌。

在奥地利皇宫绿草茵茵的草坪上,我们漫步着,怀想着,慨叹着,尽情地呼吸着多瑙河畔清新的空气,享受着亮丽的阳光,抒发着我们内心的欢悦。在维也纳短短的停留中,耳濡目染,使我们这些不懂音乐的人,也受到了音乐的熏陶,领略了它富有魔力的强大磁性。

伴随着阵阵节奏感十足的钟声,自由地漫步在维也纳皇冠大街,川流不息的人群,栉比鳞次的楼群,是如此贴近,如此宏伟,既大饱我们眼福,也撩拨着我们的心扉。

在奥地利的行宫，一派鸟语花香的感人景象，这只有在电影中，电视里，只有在画报中才得一见的景致，今天竟是如此活灵活现地展现在了眼前，仿佛牵人进入一个传说中的仙境。

蓝天、碧水、绿地，这就是大自然给予爱护环境的人们的真切回报。

拥抱莱茵河

穿梭于西部欧洲，除了交通便利之外，最大的特点在于省却了签证的麻烦，节省了观光的时间。在这几个国家，可以自由往来像在一个国家一样，简直就像走亲戚一样随便，说来就来，说走就走，带着西方人的一股干脆利索。

昨天还在古城维也纳游走，那扑溯迷离的景致还叠印在脑海，但今天却又再度回到了德国，不是慕尼黑，也不是乌尔姆，而是另一历史古城纽伦堡。

看着熟悉而又陌生的景象，真令人浮想联翩。纽伦堡是一座古老而又年青的城市。二次世界大战时这里曾是希特勒的指挥中心。原先的城市已不复存在了，二战的炮火使它遍体鳞伤。我们现在看到的城市是战后重建的。虽然重建，但依稀也会看出当年那些历史抹不掉的痕迹。

据说，纽伦堡还有国际上著名的圣诞节市场。可惜现在不是过圣诞节的时候，实在无法去领略那种难以想象的情景，只有让记忆留住这些，这蓝蓝的天，绿绿的树，清清的水。

走也匆匆，看也匆匆。几天来马不停蹄，但波恩却是一个让人不忍擦肩而过的地方，因为心中的莱茵河正向我们呼唤。

波恩是原德意志联邦共和国首都。公元一世纪曾为古罗马要塞。国际共产主义运动创始人马克思曾在此学习过。世界著名的音乐大师贝多芬的故居也在这里。美丽的莱茵河从它身边静静流过，这是一个让人过目难忘的城市。

在这块充满诗情画意的土地上，我们终于亲眼见到了著名的莱茵河。

莱茵河水缓缓流淌，这是一条没有被污染的河。来往的船只点缀着蜿蜒多姿的河面，使莱茵河显得生机勃勃。我们在岸上行走，观赏着两岸的景色，指点着远处清晰可见的莱茵河大桥。

以这温情的行云流水为底片，以这壮观的莱茵河大桥作背景，投身到自然的怀抱，把一腔豪情和兴致都洒进这波光粼粼的河水，流向远方。

科隆是莱茵河畔的名城，也是德国重要的工业城市，公元前三十八年建为古罗马要塞。这里有世界著名的科隆大教堂。

科隆大教堂是世界最大的天主教堂，一二四八年开始兴建，但直到一八八〇年才建成。这是一座典型的哥特式的建筑，占地面积八千平方米。堂内有七个小堂，钟楼高九十七米，由五〇九级台阶而上。双尖顶，尖塔高一五七米。九口响钟按时齐鸣，动人心弦，令人回味无穷。我们尽情饱览着它的不同寻常，徜徉在这精美的艺术品中，令人顿生无限憾慨。它告诉我们：历史是人类创造的，奇迹诞生在人的手上。

科隆大教堂的壮美震撼着肺腑，冲击着视野，净化着心灵。与其说它是建筑，不如说它是一幅浑朴的油画，一曲恢弘的古典交响诗，它镶嵌在我们的记忆里，回荡在我们的怀想中，成为永恒，直到永远。

定格凯旋门

连日来，我们的参观活动有张有弛，紧凑而富有节奏。常常是在这里走马观花一番，又要迅速赶赴下一程。离归国日期已经很近，还有许多地方没有看到，但我们却拿出两整天时间来在这里停下来，为的是巴黎。

巴黎，世界最大城市之一。公元五〇八年起即成为法兰克王国首都。一八七一年三月十八日，世界第一个无产阶级政权——巴黎公社在此建立。美丽的塞纳河横跨市区。

凯旋门，法国拿破仑一世于一八〇六至一八三六年在巴黎市中心明星广场中心建立，高五十米，宽四十五米，四周和顶部饰以浮雕。从广场中心向四周均匀辐射出十二条林荫大道，由一环形大街串连，每两街起点间，面向广场建一高楼，与凯旋门相映生辉。

我们在这里驻足凝望，为它宏伟的气势和无与伦比的精雕细刻所吸引。

恋恋不舍地离开凯旋门，我们又来到一个风景如画的广场：这就是新凯旋门。

新凯旋门建于一九五五年，高一一〇米，宽九十米。如果说原先的凯旋门是巴黎历史的缩影，那么新凯旋门则代表了巴黎现代化的崛起。在它的周围，一个更具现代化规模和气魄的城市正在形成。

来巴黎前，我们就知道它的名胜古迹太多，但我们一直想一睹为快的却是埃菲尔铁塔。

埃菲尔铁塔耸立在塞纳河南岸，是世界第一座钢铁结构的高塔，被视为巴黎的象征。塔高三〇〇余米，分三层，重达七〇〇〇吨。塔旁竖立长方形白色大理石柱，柱顶安放着该塔设计者斯塔夫·埃菲尔镀金头像。

埃菲尔铁塔是人类一件不朽的艺术杰作，据说从月球上俯瞰地球，只能看到五项伟大的工程，除了中国的万里长城外，埃菲尔铁塔便是其中之一。

这里同样留下了我们的笑声和欢乐。为了一个拍照的细节，我们可以不厌其烦地重复几次，为的是留下一个生动的真实。

如果说高耸入云的埃菲尔铁塔使我们的心胸变得更加开阔，那么，在罗浮宫，这些中世纪的城堡，这晶莹透明的金字塔，更让我们领略了什么是美仑美奂，动人心魄。

罗浮宫系法国故宫，原中世纪城堡，十七世纪辟为博物馆，以丰富、瑰丽的美术珍品闻名于世。断臂维纳斯座像和达·芬奇的名画《蒙娜丽莎》等就珍藏在这里。

一座典型的哥特式建筑的出现，告诉我们：巴黎圣母院到了。

巴黎圣母院，又称圣母教堂，始建于一一六三年，至一三四五年完成。整个建筑由三座殿堂组成，堂顶高三十五米，一对塔楼高六十九米。院内藏有十三至十七世纪的大量艺术珍品。

巴黎圣母院开一代建筑之风，其挺秀、高耸、轻便、灵巧、宽敞、明亮的独特风格，排除了中世纪教堂建筑的陈旧形式，给人们打开了一扇绝妙的艺术窗口。

和历史连在一起的建筑，和岁月粘成一体的记忆，连同心跳和目光，惊叹和畅想，一同升往幻美的天堂，留下闪光的断片，在心海深处驻足回望。

估衣街上的祥字号

天津的估衣街是一条老商业街，就在这里，我们所要探寻的祥字号竟然有 7 家，那么，在它们的背后，究竟掩藏着什么样的故事呢？漫步估衣街，追寻的是一段神奇的创业历史。

估衣街是天津一条有着六百多年历史的老商业街，这里曾是天津商业的摇篮，瑞蚨祥老店便在这条路的中段。一走进瑞蚨祥，迎面便是一把古老的大茶壶，这是专供客人免费喝茶用的，让人仿佛走进了上世纪初的老祥字号。

瑞蚨祥店里顾客盈门，有人竟然花 16 元钱打的来这里，顾客冲的当然是瑞蚨祥的招牌。

沿街西行 10 米，便来到谦祥益老店，这里已改成了茶馆。它完好保留了老店中西合璧的城堡式建筑风格，高大的门楼，没有一个窗户，全是匾额和镶嵌式招牌，在五光十色的商业街上独树一帜。下午，客人们在这里听京剧，晚上来听相声的客人更多。

在估衣街采访，我们了解到这样一件事：1999 年 12 月，天津市虹桥区发布了估衣街拆迁令，作家冯骥才写信给天津市市长李盛霖，并附上加急放大的瑞蚨祥、谦祥益的彩色照片，请市长关注此事。估衣街上的老字号从此得以保住。谦祥益的工作人员指着一面大镜子说，这面镜子有 102 年的历史了，镜子十分结实，解放后有人用铁锤砸也没有砸坏。如今，谦祥益的门头上的雕刻也成为天津砖雕的精品。

在天津，我见到了中国商会史专业委员会会长宋美云，在她的办公室里，她如数家珍地说：天津谦祥益在估衣市街，创办于一九一七年，全名是谦祥益保记，是从周村发展起来的老字号，一直到今天都影响很大，不管天津的老人、小孩，一提起谦祥益、瑞蚨祥，没有人不知道的。祥字号从山东发展到天津，最后把总部迁到天津，他们的事业达到了最辉煌的时期。在旧城改造中，祥字号老店一度面临消失的尴尬局面，经过各方面的努力，得以完整地保留了下来，成为天津历史上最具有影响力商业老字号。）

在估衣街上，我们还找到了"瑞昌祥"的旧址。但更让我们感到惊奇的是，几经辗转我们找到了孟氏家庙。这是一座有着意大利建筑风格的古楼，建筑面积 2500 平方米，距今已有 94 年的历史。该建筑整体为砖木结构的三层楼房，东西厢房均为二层，平面呈"田"字形，外观西式，内部为中式四合院布局。正房与厢房檐廊环通，有花牙、吊挂、额楣等雕饰，建筑风格古朴典雅。上世纪初，孟氏章丘老家遭土匪抢劫后，无奈把家祠迁到了这里，孟氏家庙在解放后就成了天津丝绸研究所的办公地点，在 1976 年唐山大地震后曾维修过一次。

祥字号从周村发迹，在天津形成了广泛的影响，估衣街上的祥字号是天津商业发展的见证，祥字号在这里根深叶茂，焕发出了无限生机。

走出估衣街，宋美云的话还在耳畔回响：周村的商埠文化起源于殷商时期，在中华文明发展史、中国经济史上具有非常重要的地位。它的商业文化、商埠文化、老字号文化，都需要投入一定的人力、物力，加大系统研究的力度，扩大研究范围，更好地为今天的经济建设服务，为中国商业史的研究填补空白。

大栅栏街上的瑞蚨祥

在北京大栅栏商业街上，有一座西式巴洛克建筑风格的商店，每日门庭若市，车水马龙，吸引着八方来客。这就是名贯京城、驰名中外的中华老字号瑞蚨祥绸布店。

北京瑞蚨祥绸布店始建于清光绪十九年，也就是公元 1893 年，它最初是以卖"寨子布"闻名四方的，所谓的寨子布，也就是今天咱们所说的老土布，它的业主就是赫赫有名的东方商人孟洛川。

北京瑞蚨祥是孟氏家族在全国开设的 24 家店铺中最大的一家，面向皇宫贵族、达官显贵、梨园艺人、大家闺秀、小家碧玉乃至平民百姓等各个阶层，生意兴隆、日进斗金，当年在北京曾流传着一首歌谣："头顶马聚源，脚踩内联升，身穿瑞蚨祥。"建国后进行公私合营，毛泽东主席也曾说，像瑞蚨祥这样的老字号一百年不能变。可见当时的瑞蚨祥是何等的风光。

过去的前门大街一带布店云集，要想在这里取得一席之地很不容易。瑞蚨祥是靠什么在大栅栏站住脚的呢？

1900 年，八国联军占领北京，一把大火使大栅栏满目苍夷，瑞蚨祥也未能幸免。店内所有帐目和物品化为灰烬。在这场巨大的灾难面前，瑞蚨祥没有被困境所吓倒，毅然向社会承诺：凡瑞蚨祥所欠客户的款项一律奉还，凡客户所欠瑞蚨祥的钱物一笔勾销。

瑞蚨祥这非凡的气魄和高尚的商业信誉，在当时社会上引起巨大震动，一时传为佳话。为了挽救瑞蚨祥的命运，孟洛川找回失散的老店员，仅仅用了一年时间就在大栅栏建造了一座豪华别致的大楼。此后瑞蚨祥又于 1903 年、1906 年、1911 年和 1918 年在大栅栏先后又开办了

"东鸿记""西鸿记"茶庄，"鸿记皮货店""鸿记绸布店"四处新店，几乎占了大栅栏半条街。

1949年北京解放，瑞蚨祥从困境中解脱出来，获得了新生。天安门城楼升起的第一面五星红旗的面料就是由瑞蚨祥提供的。

在大栅栏街上，在尘封的史书里，我们发现了一张孟洛川的照片，这也是目前我们所能找到的关于孟洛川这个传奇人物的唯一一张老照片。在这里，我们还见到了唯一见到过孟洛川本人的孟氏后裔，她就是孟洛川的外甥女、现年已经九十高龄的杨瑞莲老人。

岁月在不断延伸，有关孟洛川的故事已经变得遥远了，但他一手创办的瑞蚨祥老店，一百多年来却始终保持着旺盛的生命力，保持着百年老店风雨不衰的丰姿。北京瑞蚨祥就是其中的代表，尤其他们与时俱进，在加工、展示东方女性的丝绸文化和旗袍文化上更是别具一格，深受海内外宾客的喜爱。美国前国务卿奥尔布莱特访问中国时，曾特地到瑞蚨祥选购中国丝绸面料。瑞蚨祥已成为大栅栏街上的一颗璀璨的明珠。

祥字号在东北

在沈阳，有一条被誉为东北第一街的商业街，这就是中街。瑞蚨祥和谦祥益、瑞林祥等百年老店就坐落在这条街上。

祥字号遗址虽然已成为金利来商厦的营业店，但建筑还保持着古老的风格。20世纪初，瑞蚨祥沈阳分店曾经是东北的第一家分店，也是祥字号东北布局的一块敲门砖，原计划经营状况良好再在东北其它城市开店。但是由于当时战乱等因素的影响，瑞蚨祥没有实现由此向东北辐射的理想。说起当年瑞蚨祥的情况，这里的老人依然记忆犹新。

1997年，沈阳市政府把中街改造成1000米长的全国首条商业步行街。在这次改造中，瑞蚨祥绸布店再次在沈阳开业，但经营不到一年就悄悄关门歇业。

祥字号在沈阳的两次没落激起了一片惋惜声，一个有着上百年历史的老品牌，它带给人们的已经不仅是商业本身的价值，更多的是一种文化内涵。

带着在沈阳寻访祥字号的遗憾，我们又来到了哈尔滨。1930 至 1935 年，瑞蚨祥曾在哈尔滨市道外南二道街开办银号。同时期，瑞蚨祥绸布店也开始了在这里创业。在哈尔滨道外区，在瑞蚨祥曾经繁华的街巷，许多不同风格的建筑物分别被市政府挂上了一、二、三类保护建筑的牌子。一位在这条街上住了大半辈子的老人，十分肯定地指认南二道街 1 号院和 19 号院是当年的瑞蚨祥的两个店铺，其中 1 号院是银号，19 号院是绸布店。1 号院是一座被涂抹上半新不旧的"永和仁"店号的老式建筑，我们从厚重、破旧、被铁皮包裹的大铁门上，依稀还能看出过去银号的影子。

上世纪初，瑞蚨祥曾在哈尔滨市繁荣一时，如今这里的祥字号虽然星辰陨落，但承载着百年历史的老字号却在这里留下了难灭的足迹。

西子湖畔的祥字号

"欲把西湖比西子，淡妆浓抹总相宜"。有着两千多年悠久历史的杭州西湖，自古以来就是无数文人墨客竞相赞美的人间天堂。孟洛川的泉祥茶庄在祥字号中占了举足轻重的地位，为此，我们沿着蜿蜒的山路，来到距西子湖畔两公里的龙井村。满目青翠欲滴的茶园，一片片的茶树整齐有序，依稀可见当年的茶场胜景。

说起西湖龙井，可以说是家喻户晓，但说起百年老字号"泉祥茶庄"，恐怕很多人就不那么清楚了。据史料记载，孟洛川的父亲孟传珊早在 1835 年就在周村大街创办了泉祥茶庄，并发展到全国各地，至今已有 172 年的历史了，它是祥字号中唯一从创办一直经营到现在的茶庄。泉祥茶庄不仅在各地开设分号，还在杭州等地建立茶场，形成了较早的产销一条龙经营模式。如今，泉祥茶场在杭州虽已不复存在，但它传承的信誉至上、货真价实的经营理念仍深深地印在当地茶商的脑海。

祥字号与杭州的源渊远不止这些。据了解，在上世纪三十年代，孟氏家族不仅把茶庄、茶场开在了杭州，还在杭州开办了瑞蚨祥绸布庄。从西湖往南走，是中山中路商业街，如今这里是杭州保留较好的民间建筑，可以触摸到历史的另一面。在这里，我们遇到几位 70 多岁的老杭州人，他们介绍说："身穿瑞蚨祥"是早年杭州流行的口头禅。老人领着我们来到中山中路的一片废墟前说，当年瑞蚨祥绸布庄的旧址就在这里。几经沧桑变故，虽然早已没有瑞蚨祥老店的一点痕迹，但在老人记忆里，却永远抹不掉瑞蚨祥当年红火的场面。它奠定了今天京津"祥字号"与杭州丝绸的贸易的源远流长。

在杭州还有一个意外的收获：在浙江图书馆古籍部发现了三益堂刻本的《聊斋志异》真迹，这个版本学术界通常称它为王金范本，是继青柯亭本之后最早的《聊斋志异》版本之一，这个发现填补了以前只是传闻，而没有真迹的空白，对推动聊斋学的研究，推动周村大街三益堂旅游文化建设，将起到积极的促进作用。

汉正街上的祥字号

十里帆樯依市立，万家灯火彻宵明。这是旧时汉正街的真实写照。顶着炎炎烈日，我们来到汉口具有 500 余年历史的商业老街——汉正街。映入我们眼帘的是以"毫厘不差"、"货真价实"、"诚实守信"、"童叟无欺"命名的四座铜像。这 16 个字已成为汉正街商业的魂魄，诠释了汉正街的商业文明。这16个字其实又分别代表了四家响当当的行业。其中的"毫厘不差"，指的就是祥字号中的谦祥益。

据史料记载，光绪十一年，也就是公元1885年，谦祥益的第二代掌门人孟继富，看中了江汉之交的汉口，他的代理人赵春山来到汉口，在当时的戏子街，也就是今天汉正街东端市场的人和街，开设谦祥益棉布店，通称晋记。这家分店由上海谦祥益调来资金，代办货源，批给襄阳樊城一带客商。光绪二十年，孟家在汉正街又开设了一家绸布零售店，因为适逢孟传珠孙子孟养轩出生，其乳名中带个衡字，所以店名就取为谦祥益衡记。衡记开张不到三年时间，声名远播，遍及武汉周边各县，以至湖南、河南的一些地方。到光绪三十年，积累白银20万两，于是又在汉正街开了一家谦祥益西号绸布零售店。至此，汉口有晋记、衡记、西号三家谦祥益分店。解放后，谦祥益与其他祥字号一样，实行了公私合营。在汉正街上，我们看到一块现代灯箱制作的谦祥益招牌闲挂在那里，曾经辉煌的谦祥益三家店，或毁于失火，或毁于拆迁，已经无处可寻。但我们从街上却找到了2000年落成的汉正街街碑，碑中记载：谦祥益让利于民、待客恭敬。"一言堂"声播荆楚妇孺。在这里，"一言堂"是不讨价还价的意思。祥字号能在汉正街成千上万的业户中脱颖而出，成为汉正街重要的组成部分，靠的就是这种诚信精神。

在汉正街博物馆，我们见到了当年谦祥益粮行的帐单，谦祥益出品的蓝布，以及谦祥益用过的尺子等珍贵的历史实物。这些活生生的文物，充分证明了谦祥益所创造的辉煌一页，将在历史的记忆里永远存留下去。

交游纪历

2011 年 10 月 24 日

北京作家安武林惠赠《中国儿童文学作家群像》。安先生题签："天下爱书人都是书友，与书为友，友有书香"。安武林是山东大学的高材生，当年因出色的诗歌被免试特招，现任北京少年儿童出版社策划总监、中国寓言文学研究会副会长兼秘书长，出版有《友情是一棵月亮树》《树精》等专著二十余种。这部书冠名"群像"，如同缤纷的百花园，分别记写了樊发稼、曹文轩、秦文君、孙幼军、郑渊洁等 36 位作家和诗人，后面还附录两篇怀念严文井、彭文席的文章，这些人都是儿童文学园地里的垦荒者，都是响当当的腕儿。我很欣赏他写的《傅天琳：苹果花儿开放》《金波：当我们老了的时候》。傅天琳的作品当年就是朦胧诗的翘楚，明显比舒婷的诗高出一个山峰。傅天琳的《绿色的音符》获得 1979——1982 年全国新诗奖后，2010 年《柠檬叶子》又获得第五届鲁迅文学奖，就是创作实力的体现。对金波先生，更多的是敬意，他曾评点过我中学时期的诗作，尽管是简单一笔，当时却是巨大的推动和鼓励，至今难以忘怀。翻览全书，安先生的文笔灵动风趣，信息密集，视角新颖，谈笑间挥洒淋漓，造像富有点睛之处，是典型的才子笔墨。这些文字都带着笑意，作家的智商和技巧，在字里行间埋伏着，一不小心就蹿出一只乖巧的兔子，机灵轻盈，透着阳光和暖意。

同日，收吴浩然签名本《老上海女子风情画》，遂记如下：

夫汶水之上，吴氏浩然祖籍于斯。少小离家，藏书万卷，后移居杭嘉桐乡。噫吁哉！追慕先贤躬耕之身影，承恩一吟良师之惠泽，阴成绿叶，葺吐素华，其室名曰：恺缘楼。彼何人斯，与恺结缘，如虎添翼，专情丰学，幸事也。其缘缘丛书，两套双璧，天龙八部也，喜而庋架，满庭芳馨。

吾与浩然，缘悭一面。然有媒者，遣来信使，得此书焉，喜形于色，盖爱书之劣根性使然。好事者谁，书生春锦，锦上添花也。人世百美，花间盈香，沪上女子，风情弥娇。诚有心若浩然者，披沙沥金，功莫大焉。当斯时也，秋声在树，惠风袭人，遣兴漫识，粲然开怀矣。

2011 年 10 月 28 日

收到网购的《人民文学》两种纪念册。

《人民文学》有新中国文学第一刊的说法，一方面是杂志的地位所定，就所刊登的作品和覆盖面而言的；另一方面，就是创办的时间和影响力。1949 年后的文学爱好者和作家，大都受过这本杂志的影响。《人民文学》创刊六十年的时候，印行过一本内部纪念册，布面精装，铜版纸印刷，捧在手里沉甸甸，确实能够感觉到其中的分量。六十年浓缩在一卷书里，纪念册所承载的内容非常多，也非常重。编者很有眼光，视角很独特，若按照编年体，很可能不是一本书所能够概括了的，这本纪念册的可贵，就体现在与众不同的编排上，那就是按照月份分为一个个大单元，把六十年的目录分别放在十二个月份里，再把有代表性的作家、作品、手稿等展现出来，于是乎，哪一年哪一月发表的作品一目了然，相互有比较，譬如第十期，六十年间的所有十月份这一期的目录分明，甚至从中可以看出历史的发展变化，可谓以小见大。这本纪念册的独特，还体现在一种真实的再现精神。除了毛泽东先生的题词，再也没有别的政治大人物的题词和照片，也没有意识形态宗教的谎言和某某会议的场面，但历届主编、副主编、编辑的照片和介绍赫然在目，不可缺少。这是一本刊物的成长痕迹，也是一本杂志的历史侧影，是读者所愿意了解的内容。早在创刊五十五年的时候，《人民文学》就印制过一本纪念册，平装本，也是铜版纸印刷，但开本规模要小。六十年这本其实就是在此基础上编成的，不同的就在于时间有了延伸，意义更加深重。一册在手，所谓中国当代文学风貌尽收眼底。尤其在周末假期，实在就是享受视觉的盛宴了，那些熟悉的、不熟悉的映像，让人想起古诗里"浮云一别后，流水十年间"的意味，颇生"莫放春秋佳日过，最难风雨故人来"的兴叹。

2011 年 11 月 1 日

董宁文兄惠寄《开卷》9、10 两期并《译林书评》5 期。每每接奉新刊，乐同亲面，倍觉悦目，翛然心远。刊择"卧龙"而栖，从春到秋，转眼已届十月矣。羽翼丰盈，卷卷可诵，把玩于掌，妙难言哉。爱吟小诗以为贺也。诗曰：满目秋光景色新，一树繁花香气深。最是开卷能致远，纸上珠玑胜黄金。

2011 年 11 月 2 日

作家孙永庆兄寄赠签名本《风檐展读》，王稼句题签，张炜扉页题字，林非序言，分为上中下三卷，上卷写书人，中卷记书事，下卷述书情，三卷各有千秋，互有交融，洋洋洒洒，颇堪玩味。像上卷的《韩石山的文笔》，中卷的《激情豪唱大江东去》《迷上迟子建》，下卷的《珍贵的签名本》等等，都是一个真正的爱书人才可写出的美文。我尤其欣赏写张炜的那几篇：《跋涉者的读书长旅》《融入野地的歌者》《让齐文化的精灵在书中游走》，以为写出了神韵和魅力，透着灵动和矫健，可谓精粹之笔。这个本子里所写的书我大都藏了，有的还读了不止一遍；所写的人，也很熟悉，有的还见过面、喝过酒，因此更有了一种亲切的感受，像峻青、张炜、王稼句、雪松、王国华、高维生、自牧等；有的虽未谋面，像韩石山，却也通信联系多年，还约过稿子发过作品，并且还送过我法书。这些读起来都很温暖，增加了一些文章之外的情感，甚至还难得能勾起一些回忆和记忆的断片，如同酒香，陈年的窖藏才有不尽的回甘。

书中的文章大都在报刊发过，长文不多，有的还很短，大概花一个晚上的功夫，或者在旅行的舟车中就能很快读完。长有长的胜处，短有短的妙趣，我觉得永庆兄的文章都是用心去写的，涉笔并不华丽，笔下自有一种真情，朴素、简洁、流畅。不足处也有，个别文字还有束缚、局限，有的还嫌简单、单薄，如同画画，线条硬朗，但墨色差了些，还需要再斟酌一些，换取一下角度，抑或做些修饰。文章之道，永庆兄深谙，这里无非是饶舌提醒，也许是一种错觉罢。书名取得真好，那是文天祥《正气歌》里的著名诗句："风檐展书读，古道照颜色。"诗人这时候的气象实在是一派大家胸襟，值得效法和提倡，更应该成为读书人心中的风景。

2011 年 11 月 11 日

11 月 9 日至 11 日，北京作家安武林与北京大学教授、北京作家协会副主席曹文轩老师莅临淄博讲学，先后进行了多场学术报告，精彩不断，高潮迭起，受到了广泛欢迎和好评。期间我与安兄、曹老师就读书、藏书等多个话题进行了私下交流，获益匪浅。本想尽地主之谊，安排参观游览并宴请两位先生，但他们行程紧迫，无奈取消。只好等待下次机会了。所幸山东理工大学宋歌兄安排周到，得以与安兄共饭。后又驱车前往淄博师专与两位欢聚，曹老师不喝白酒，象征性喝了半杯法国干红。安兄留有余地，也象征性喝干红两杯，昔日曾闻安兄是大酒，可惜不能与之同醉，甚为遗憾。席间，亲耳聆听安兄与曹老师畅谈当下文学环境、文化心态、语文教学与儿童（文学）教育，妙语连珠，引人入胜，如浮一大白，开心不已。

安兄签名赠书《友情是一棵月亮树》《夏日的海滩》等十余种，其中还有两种珍贵的签名毛边本和上海教育版《短篇小说选》三、四卷等；我即回赠张炜作品两种、《中国现代美术全集·书籍装帧》《探幽途中》并拙著等；另请曹老师签名《草房子》《青铜葵花》等十多种，其中的《红帆》精装本竟然连曹老师自己也没有见过，安兄是我和曹老师认识的媒人，是藏书大家，也是曹老师的知己，由这样的行家收藏比放在我这里强多了，乃欣然送给安兄，也算他淄博之行的一点纪念吧。曹老师主动与我聊起了张炜等文学话题，颇有心得。

2011 年 11 月 22 日

安武林先生的最新代表作《安武林作品》，由天天出版社（人民文学出版社）2011 年 9 月出版，分为小说、散文、童话、诗歌八卷本。先生不久前的淄博之行，曾签赠我若干，除有朋友索取转赠一本外，还差两本，今接奉先生觊示，玉成全套，喜不自禁，乃咏打油小诗二题并记之。

夫流水汤汤，人海苍茫，知音难觅兮，凤难求凰。契友武林，潇洒俊朗，玉树临风兮，仪表堂堂。彼君子兮，然则爱书人也，韦编三绝，清趣荡漾。著书编书淘书，亦庄亦谐，痴情于斯，美名远扬。尤擅儿童文学，文风淳厚兮，玉露琼浆，各具奇香，卓越领航；更兼身份数种，讲学八方兮，口若悬河，舌吐华章，韵味绵长。吾与之聚，倍觉欢畅，得清雅于谈吐，付坦荡于举觞。把酒临风，喜气洋洋。今承贶新著二种，送吾以甘霖，赠吾以佳酿，若妩媚婀娜之西施，赛婆娑翩翩之娇娘。嗟夫，双美丽影，红袖添香，怡情陶然，醉意彷徨。乃欣然品赏徜徉，韵悠悠兮百卉吐芳，情融融兮异彩流光，可悉标新立异之昂藏，犹闻精益求精之潮狂。噫吁哉！先生之风，山高水长，书香福泽，日月同光。

其一

儿童文学有武林，自成风景高格韵。

赠书情美饮春醪，知音千里暖我心。

其二

渐觉寒夜长寂寥，方持清卷魂已销。

游弋如鱼多童趣，别有洞天新离骚。

2011 年 12 月 6 日

北京作家孙卫卫兄惠赠《孙卫卫儿童文学名篇赏析》，光明日报出版社 2010 年 1 月版。全书分为《胆小班长和他的哥们》《男生熊小熊和女生蒙小萌》《想成为别人家的孩子》三部分，另有安武林、梅子涵的文章作为"附录"和一篇作者的"后记"。

孙卫卫文笔飘逸着才情，透着一股清新、明快的气息，弥漫着悫诚、轻松的格调，是儿童文学中一道独特的风景，也是今后儿童文学史不应忽略的的人物。孙卫卫是典型的爱书人，儒雅内秀，文字很有书卷气，灵动而机智，耐读可赏，像一壶白茶，清澈中有自己的香味，品质经得起时间的冲刷。孙卫卫像安武林兄一样，也是少年得志，被南京大学特招免试入学，起点和学养都不可小视。作为 70 后作家，孙卫卫已经创作出版了长篇小说、散文集等十多种书，获得过冰心儿童文学奖等国家大奖。至于中国作协会员的头衔，也印证着他的文学成就和社会对他的肯定。

孙卫卫是一个纯粹如月色的读书人，他的作品也散发着清丽、柔婉的味道，在月色覆盖下，使人享受到一种久违的温情沐浴……

2011 年 12 月 10 日

华东师范大学博士生导师陈子善教授惠赠大著《梅川书舍札记》毛边本，点滴文丛 2011 年 6 月版，该书共印发 300 册，分为精装本、毛边本、平装本，各印一百册，此部编号 161 号。

我不知道陈子善先生目前一共著写、编撰、出版了多少种书，就我所收藏的已达六十多种，其中有二十多种是给我的签名本，大概陈先生除了编选的集子外，他自己真正创作意义上的著作，我都收全了。陈先生在海外还出版了不少著作，总数当在二百多种吧，有一次和王稼句兄在一起，稼句兄自己就出版了上百种著作，他还忍不住感叹说：子善出的书多，他的书多。正因为多，收集起来就特别困难，要想收全很难，因为有的版本陈教授自己也没有，我就曾送给他一个这样的版本呢。有意思吧。

《梅川书舍札记》还有岳麓书社的版本，内容和这本有一些差异。该书主要收录了 2007 年到 2010 年期间的序跋、评论、随笔、考据等，异常丰富，看起来不厚，读起来却洋洋大观。陈先生文笔稳健、扎实、严谨，即使学术价值和资料性文字，并不呆板、单调，而是轻松、活泼，于诙谐中见出趣味，自有其不俗和深意，每每读来，都让人获益匪浅。陈先生本身是幽默的，许多年前，我们第一次见面的时候，他就笑着指着我的将军肚说："你是一肚子坏水。"真让人忍俊不禁，自然就打消了第一次见面的隔膜，感到并不生疏，有一种老朋友间的亲切和随意。这一本《梅川书舍札记》，我真舍不得裁，只好采取特殊的阅读方式"偷窥春光"，但这种感觉真好，书香的浓郁和无边的秀色，都在这里汇集了，散发出诱惑的气息，让人领略到人间至美。

2011年12月30日

早在圣诞节那天，就收到了北京作家孙卫卫兄惠赠的这套毛边书：白连春自选集，吉林出版集团有限责任公司2011年10月版，分为诗歌自选集《一颗汉字的泪水》、小说自选集《天有多长地有多久》、散文自选集《向生活敬礼》，三种都是毛天毛地切口也毛的正宗毛边书，尽管是没有上款的签名本，也是很珍贵的了。这套书印制很用心，用纸精良，唯有封面稍感脆弱，孙兄寄来的时候小心翼翼，连前后勒口都没有折，就那么原始展露着最初的美貌。为了一个完整的书影，我在对折勒口的时候，还是留下了一点轻微的痕迹，抚摸起来，似乎沾染了风尘世故，让人禁不住地留恋和叹惋。我是喜欢一点毛边书的，又见毛边，我想，它的玩味之处，并不在于风华初露的刹那，而是从参差中领略一种完美，体味到别样的趣味，若说这是在附庸风雅，那么这样的"附庸"就让人舒服，让人感受到没有虚假作秀的成分，这样的附庸堪称得体，堪称韵事，何乐而不为呢。

孙卫卫兄是正版才子、超级书虫，他品位甚高且出手阔绰，这套书可以说是给我的最佳礼品。因为我相信佛缘，在那样一个特殊的日子，捧着书的心情可想而知。也因为信佛，所以有意识放在新年前夕披露信息，我想这也是很好的机会：在迎来新年曙光的时候，有这样一套充满曙色的礼物，在你一睁眼的时候，它就像是新年的一缕阳光，一声问候，或者像枕边多情的一曲铃声，婉转悠扬，而且是那样温馨可亲。好书就是好友，有了这份情意，新的一年一定是春光满目，锦绣无边。这当然也是祝福，心中的幸福如同绽放的鲜花，芬芳四季，衬托得岁月枝繁叶茂，生机盎然。

感谢孙兄的馈赠，沐浴新年的书香，我心痴狂，我心飞扬……

2012 年 1 月 22 日

龙年到来，我们又迎来一个美好的春天！

特赋打油诗二首并贴出龙年藏书票两种与朋友们分享新春喜乐——

一

龙驾祥云盈紫气，莺歌丽日沐春晖。

爆竹催程新岁至，千家笑语动翠微。

二

福禄寿喜争第一，金龙描绘凌云志。

梅香绽蕊报春来，点点都是贺岁诗。

2012 年 1 月 27 日

岁序龙年新春，时在正月初五，收到上海作家韦泱兄惠赠大著《纸墨寿于金石》毛边签名本，文汇出版社 2012 年 1 月版，这也是舍间所收龙年第一部书，不胜欢愉之至。

我与韦泱兄交往多年，知道他是地道的淘书人，正版书虫，原先他写诗，在《萌芽》等杂志以王伟强的本名发表了许多富有海上情趣和特色的诗作，并且出版过一本诗集，后来他专心收藏现代文学版本，出版有书话《跟韦泱淘书去》《人与书渐已老》等，舍间另存藏他的《连环画的收藏与鉴赏》签名本。韦泱兄是书界达人，为人真诚，凡有事托，皆不遗余力，热心为之。他淘书，也是眼光独到，所藏版本都很珍稀。他跟当代许多名家都有交往，收藏了不少宝贝。到外地出差，别人游览当地风光。他却是拜访当地名人。出发前就认真做准备，把当地名家的著作准备好，还随身带着一个册页，供名家留下题词墨宝，这是一种纪念，也是对老文化人的敬重，实际也是在抢救文化瑰宝。大概在2006年夏天，我从苏州去上海，请他帮忙安排住处，他热心为我们联系了自己单位的内招宾馆，虽然因为行程关系，最后没有住在那个建行宾馆，但韦泱兄的热情让我难忘，多少年来，一想起就感到温暖。当时在上海，我和峻青老师、何满子老师事先有约，要前去拜望，因为不熟悉上海的路，就请韦泱兄做向导，他和两位先生都是熟人，那个下午我们过得非常愉快和充实，我亲眼目睹了韦泱兄的有心和细心，他带去的何满子先生早期著作，连何先生也感到惊讶。

这本《纸墨寿于金石》，书香味十足，插图丰盈，衬页上韦泱兄还特意粘贴了一张藏书票，非常美艳，目光禁不住要在此流连。书前有陈子善教授的序言，非常传神地勾勒出了此书的神韵和内涵。全书共40篇书话，挖掘了被所谓主流现代文学史所遗漏的一些大家，像宋春舫、章克标、关露等，披露了一些名家的趣闻轶事，视角新颖，资料翔实，像把电影表演艺术家当做诗人，把贺敬之归类为"七月派"诗人等，都鲜活灵动，真实可信。书中更为可贵的是，对一些罕见文学版本的梳理和绍介，体现了一个爱书人的文化情结，其笔墨洗练而深刻，朴实而悫诚。难得的是，韦泱兄以亲身的经历，把与文化名流的交往故实记载下来，成为一段书缘佳话，也为后人留下了精彩的一笔。

纸墨寿于金石，书味芬芳人间。对于好书而言，就是通过精神之旅的亲近，抵达悦读的境界，品味到一种不尽的回甘。为之陶然忘言，为之手舞足蹈，为之拍案惊奇，这大概就是好书的魅力了。

2012 年 1 月 29 日

春节假期呼啸而过，还没有来得及回味春节的滋味，回头的瞬间，又上班了。初七是国家规定的上班日期，在此起彼伏的鞭炮声里，迎来了第一个工作日。单位年前就计划好召开年度总结表彰会，一上班就进行落实，领导讲话和表彰决定都出自我手，实在也没有新意和压力，自己辛苦换来的只是一张没有意义的证书和廉价的几百元钱。中午集体聚餐，不值一说。这里想记载的，是一上班就收到了苏州学者王稼句兄寄来的《五亩园小志题咏合刻·外两种》，王稼句点校，山东画报出版社2011 年 11 月版。《五亩园小志题咏合刻·外两种》是道光年间苏州谢家福等人辑刊的史志资料，藏于私家，秘不示人，稼句兄近年致力于地方文献爬梳，屡有新著，虽是一地之见，仍有广大意义。此类著述，披沙拣金，用力颇殊，实不易也，此书问世，亦后世之福，尤其嘉惠苏州后学，功德无量。对吾等爱好者，读之可悉若干掌故，茶香酒温，正好品啜，甚是妙哉。

稼句兄另寄赠画册一部，乃沈民义版画集《水边的绘事微言》，收沈民义版画百幅，每一画前有赵丽娜撰文，稼句兄于书前作长文《水边的绘事微言》，详细披露绘事细节经纬，是一篇读画美文。沈民义长期从事版画创作，成果丰硕，画风融江南风物与水乡民俗于一体，线条疏朗，布局清雅，意境鲜活，富有情调，确乎上品矣。

2012 年 2 月 28 日

因为手边正在编辑一本地方小杂志，苏州学者王稼句兄特意惠赆《品位·经典》杂志两册，即 2011 年第 5、6 期。杂志装帧印刷精美大气，既典雅又时尚，栏目开设的也很有冲击力，像《速览》《关注》《对话》《凝望》《行走》《典藏》《阅读》《品尝》等，其中《专栏》有陈子善、薛冰等人的文章。杂志的图片也是个性十足，彰显着品位，记得罗丹说："在艺术中，有性格的作品才是美的。"单就刊物而言，《品位·经典》堪称有性格的杂志了。这两期杂志中，我喜欢的内容真不少，尤其是第五期《对话》专访张炜的一组文章《为了一本好书，可以耗上一生》《和张炜聊天》《〈你在高原〉的放飞》等，读来很亲切，很受益。其他的像写白先勇、魏海敏、张充和的文章，都视角独特，富有情味。一本杂志，能有几个看点就不错，何况这么丰饶美味，简直是一道盛宴大餐啊，饕餮之徒，焉能不大快朵颐。

2012 年 3 月 9 日

龙飞凤舞，书法与美文并蒂，情思与书香共辉。

山西作家杨栋兄寄来大著《飞龙集》，杨兄出版专著有《山地风流》《山窗集》《红豆集》《杨栋漫画选》等 42 种，并有八卷本《杨栋文集》行世，尤其自从出版《天鼠集》后，以每年属相命名，一年一卷，蔚然大观。此册龙年编集，乃杨兄生肖文集第五种，实际却是兔年所写文章之汇集，体例依旧沿袭故置，随笔、书跋、书简、诗词，体裁丰盈，余韵留香，书味袅袅，才情飞泻，其中的几种书单，犹如菜谱，曲径通幽，引人入胜，然醉翁之意不在酒，在乎的还是蕴藉和情味。读书人，岂有他哉！

这种书，小众读物者也，但是我喜欢。

杨栋先生多才，书法透出灵性，带出别具一格的卓然气象，是典型的文人墨韵。

2012 年 3 月 26 日

南京作家、藏书家薛冰先生惠赠新著《拈花》签名毛边本，山东画报出版社 2012 年 3 月第一版，全书分为《源流篇》《艺境篇》两部分，分别围绕《折花·簪花·插花》《借花献佛》《花靓人间》《瓶花有谱》《道成海外》《东西交融》《花目品第》《主从使令》《选器护瓶》《折插沐养》《造境清赏》《宜忌监戒》以及《尾声 野草闲花》的话题，娓娓梳理了插花艺术的脉络，状写了古往今来养花、护花、赏花的种种，绍介的同时以文化视角对中国传统的插花和外国花道进行了独特诠释，增加了文化内涵，提高了欣赏品位，书中附以大量珍稀图影，读来更是花团锦簇，秀色可餐，于休闲中得到滋养，于阅读中获得教益，游目驰怀，信可乐也。

薛冰先生著述多多，是写作多面手，有长篇小说《群芳劫》《天长地久》《青铜梦》《城》，中短篇小说集《爱情故事》，书话集《旧书笔谭》《止水轩书影》《淘书随录》《金陵书话》《纸上的行旅》，地方文化研究专著《家住六朝烟水间》《金陵女儿》《江南牌坊》，版本专著《插图本》《版本杂谈》等面世，尤其近年来致力于传统文化研究，成果卓著，像品评钱币文化的《钱神意蕴》、挖掘爬梳中国民歌史的《风从民间来》和研究鉴赏花笺艺术的《片纸闲墨》等。舍间目前存有薛冰先生各类签名本凡十二种。

2012 年 4 月 1 日

由我参与主编的周村区文联刊物《旱码头》2012 年第一期（总第五期）已经出版发行，本期设有小说林、美文苑、松龄书院、诗星空、商埠风情等栏目，分别刊登了韩石山、安武林、吴昕孺、冯传友、阿滢、葛筱强、曹文轩、徐雁等名家作品，今年第二期将于六月十五日出版。

2012 年 4 月 19 日

上海作家韦泱兄寄赠诗集《金子的分量》签名本和为陈左高先生编

辑的《文苑人物丛谈》签名本。

《金子的分量》，百家出版社1994年3月版，条型小32开，是韦泱兄的第一本书，诗人冰夫为之作序《闪烁其金 厚重其情》，全书分《城市牧歌》和《怀念岁月》两辑，收录72首诗歌，内容轻盈、抒情、淡雅，带有浓郁的浪漫色彩和1980年代的独特韵律。有些诗句，短小隽永，富有哲思，是如今的现代派诗人所缺乏的，也是许多自恃清高的无聊"诗人"写不出的。这些清新如露的意象，透明的通感和葱郁的意境，组合成一幅幅画图，成为这本诗集中嘹亮而圆润的风景，读来爽目，感到温馨。

《文苑人物丛谈》是学者陈左高先生的著作，韦泱兄特约编辑，上海远东出版社2010年7月版，冯其庸题签。全书内容颇为丰盈，所写人物精悍传神，是浓缩的小传，也是趣闻小品，涉及辜鸿铭、吴宓、沈尹默、张大千、黄宾虹、郑逸梅、冯其庸、钱仲联、施蛰存等等名家凡120余章，随笔手法，题跋风韵，确乎大家笔墨，一领风骚。韦泱兄编辑此书，俱见心力，功莫大焉。韦泱兄书扉题字："左高已逝 不能为袁滨签名 惜哉"。但扉页仍钤陈左高白文名章及左高持赠阴文印章两枚，已属罕见，弥足珍贵。

韦泱兄著述多种，收此两书，按其手笺之说："我的书您就齐了，亦是书缘也。"不由乐而开怀，醉意朦胧，一任东方既白，陶然无疆也。

2012年4月27日

应淄博教育学术界的邀请，安武林先生4月27日至28日莅临淄博讲学。人民文学出版社、天天出版社编辑李现刚先生陪同参与活动。安武林先生行走大江南北，播撒文学与教育的火种，语言犀利，风趣幽默，深入浅出，标新立异，格调鲜明，定位突出，态度和蔼，可亲可敬，给中小学生和师范专业学生传授人生、读书与做人的准则和要领，引导年轻学子走上快乐学习与艰辛求索的康庄大道，润物无声，春风化雨，聆听受益，回味无穷，深受社会好评，赢得广泛赞誉。

2012 年 4 月 29 日

安武林先生日前来淄博，特意带来美艳绝伦的一批好书贻赠，安兄是正版爱书家，超级书虫，其眼光毒辣，手段高明，趣味不俗，一册在手，喜煞人也。

《开满鲜花的小路》，安武林著，绘本，湖南少儿出版社 2012 年 1 月版，十六开本，全彩铜版精印。此绘本讲述袋鼠妈妈与小袋鼠的亲情故事，虽是幼儿读物，也适合其他年龄段读者，大爱无价，首先爱身边的人，然后才会爱朋友，这是此书给人的启发，因此，这是一本老少咸宜的读物。人生路上开满鲜花，人生就有声有色、绚丽芬芳，即使一个人走在路上，心中有爱，也不会孤独，这大概也是这部绘本的思想魅力了。

《乡土少年》，秦文君著，安武林评，北京少年儿童出版社 2012 年 1 月版。安兄特意请秦文君女史签名，闻着书香，亦感友情，妙不可言，不禁想起一句旧诗："照人胆似秦时月，送我情如岭上云。"这是对安兄热心肠的写照。此书系秦文君儿童文学精品赏析之一种，是长篇小说《俞林·留汉》前九章的节选，可作为别具一格的版本阅读，也是快事也。

《此情可待》，谢倩霓著，布格子丛书之一，上海少年儿童出版社 2004 年 4 月版，彩印插图本，当然也是安兄嘱托的签名本啦。安兄特别介绍，"谢倩霓，美女作家"，言外之意，可品可赏，不可不读。对于安兄的特别钦点，当然要另眼看待，不能束之高阁，轻易放过，容当仔细圈点，以报知遇之恩也。呵呵。这是一部青春小说，大学生恋情，勾人回到激情燃烧的岁月，浮想联翩，思绪万千，心生感喟，大有醋意，正是：流水落花春去也，天上人间。

《民间神话》，冯骥才主编并序，中国结丛书一种，河北少儿出版社2004年9月版，从盘古开天、女娲造人、后羿射日、嫦娥奔月到大禹治水、巫山神女，神话传说尽收眼底，真是一卷浓缩的神话史，此系安兄在动车上阅读的书，如同毛主席老人家战斗过的地方，安兄手不释卷的读物，也是俺朝思暮想以为神圣神奇的好东西，兹不赘叙。

2012年5月11日

人民文学出版社、天天出版社编辑李现刚兄从北京寄赠签名本《葛翠琳作品全集》一套十种，人民文学出版社、天天出版社2011年6月版，李现刚兄担任这套书的责任编辑。葛翠琳是著名儿童文学作家，代表作有《野葡萄》《会唱歌的画像》《翻跟头的小木偶》等，这套书分为《野葡萄》、《会飞的小鹿》、《翻跟头的小木偶》、《进过天堂的孩子》、《山林童话》、《会唱歌的画像》、《鸟孩儿》、《幸运明星》、《最丑的美男儿》、《古老的歌》等十册，体裁包括中短篇童话集和长篇童话作品，另有《大海与玫瑰》、《十四个美梦》、《第三只眼睛》、《蓝翅鸟》、《名门后代》、《柳叶船》、《小路字典》、《春天在哪里》等8种将陆续推出。

徐鲁兄曾这样评价葛翠琳的作品："她用童话向那些善良、美好、无私的生命，献上了无限的敬意与礼赞。……因为她的心中有对这个世界的深沉的爱，所以她的作品里也总是充满了催人向上的励志精神。……她的作品里充满了优美的诗意和抒情性。这源于她对人生的最深挚的理解、宽容和热爱，源于她对人的钟爱。她的内心里有过深深的创伤和悲苦，但她对这个世界始终报以一颗善良和感恩的心，报以无限的宽容和悲悯。她的眼里有泪水，但从不为自己哭。……她的每一篇作品，都融入了她的生命、心血，蕴含着她一生所尊崇的品格、执著追求的理想和愿望，蕴含着她对世界、对生活、对读者的最深挚的爱。她的每一篇作品，哪怕是一篇十分短小的童话，也都是她心灵的献礼。"

2012 年 6 月 8 日

应天津市历史学学会艺术史专业委员会、南开大学地方文献研究室和《天津记忆》志愿者团队的邀请，近日将赴天津参加南开大学教授来新夏先生九十寿诞庆典活动和学术研讨会，为此，特意请书画大师霍春阳先生的弟子、画家沈树林先生作《祝寿图》一幅，我写了一首《祝寿诗》题在画上，谨此献给邃谷老人九秩华诞，略表寸心者也。

2012 年 6 月 10 日

6 月 9 日至 10 日，带专车赴天津参加来新夏先生九秩诞辰系列庆祝活动，该活动系天津市历史学学会艺术史专业委员会、南开大学地方文献研究室和《天津记忆》志愿者团队联合举办。整个活动，无论是在天津青少年宫举行的诞辰庆祝会、祝酒会、京剧演唱会，还是现场参观活动、在红楼大酒店举行的学术讨论会，都气氛热烈，充满节奏，有张有弛，非常圆满，始终洋溢着喜庆，笑声掌声不断，高潮迭起，精彩纷呈，充分体现了组委会高超、全面、周到的策划和组织水平，也体现出天津人好客热情的本色，更融汇交织着对来新夏先生的敬重和祝福。来自北京、内蒙古包头、山西、青岛、济南、泰安、杭州、苏州和南开大学等天津本地的专家学者共 60 余人参加了活动。庆祝活动还分发了寿桃，制作赠送了祝寿徽章、明信片、藏书票、《天津记忆》纪念特刊、《来新夏随笔选》、《弢庵影集》、来新夏先生早年创作的《火烧望海楼》演出光碟等纪念品。

2012 年 6 月 14 日

近期收书：《老广告里的香艳格调》，由国庆著，签名本，上海远东 2012 年 3 月版，远东收藏系列丛书之一种，罗文华、张璇分别序言，16 开本彩印。国庆兄是民俗学者、收藏家，津门识荆，相见恨晚，承贶大著，无限温暖。活色生香，秀色可餐，老广告里别有洞天，怡神养眼，受益匪浅，不可错过此卷。《爱读书》，安武林著，江西高校出版社 2012 年 6 月版，正 32 开精装，作者委托孙卫卫兄寄赠，无签名，甚是遗憾。安兄是正版爱书家，超级书虫，他的书评机智灵动，处处闪耀才情，名家出手，尽领风骚，可谓：书香袭人照眼明，一卷花开别样红。《喜欢书》，孙卫卫著，江西高校出版社 2012 年 6 月版，正 32 开精装，此卷与安兄大著一同寄来，孙兄短信说"签名有的是机会"，可见勾人之处也。奈何！卫卫兄是儒雅之人，一脸阳光，满腔真诚，爱书成癖，读书上瘾，一幅贪吃像，十足老蠹鱼。正是：怜香惜玉终不悔，为书消得人憔悴。涓涓细流水成渊，点点滴滴润葳蕤。卫卫兄文笔清爽可人，真香弥漫，壶中日月小，书里乾坤大，日记舞台，芸香世界。如同"钢铁是怎样炼成的"，本书将为你解密书虫是如何爬行的。本卷即是书虫告白，也是悦读心旅，更是书迷知音。喜欢书，不可放弃这一个！包头作家，阴山老饕，冯氏传友，山东老乡。爱摄影，足迹天下；喜藏书，万卷琳琅。编时报，誉满神州。更好美食，大快朵颐。也爱美女，红袖添香。此册《我们 2011》系包商银行全国摄影展之结集，中国摄影出版社 2012 年 3 月版，传友兄特意从包头特快专递发往津门，在来新夏先生九秩华诞庆祝会上分发，感人心者，莫先乎情；有心人者，莫如兄也。善哉老饕君，美哉暖石斋。包头诗人赵剑华，诗风豪迈，剑锋逼人，读其诗，如见人，此卷《慢下来》，内蒙古人民出版社 2011 年 12

月版，毛边本，冯传友兄惠赠于天津红楼大酒店，亦是津门之行收获之一也。《东西集》，内蒙古人民出版社2008年9月版，山西作家杨栋兄惠赠于天津，乃其与北京爱书人孙桂生的书信集，作者之一的孙某曾因故让其销毁，杨兄救下若干，秘不示人，稀见之品，存世弥珍。今得一见，情意在焉。杨兄勤奋，文笔佳美，有秦汉风韵，著文集八卷，其书法、漫画亦成一格，可证其才华斐然也。《教科书里没有的历史细节》，王国华著，春风文艺出版社2012年6月版，系国华兄委托责任编辑姚宏越寄赠。国华兄原在吉林长春媒体，现在深圳某报，在全国多家报刊开有专栏，好评如潮，文风坦荡，笔意开阔，境界深远，才子笔墨也。读书多，见识广，无俗见，启心智，诙谐、幽默、老辣，这是国华兄此著的特色。

2012年6月22日

人民文学出版社、天天出版社编辑李现刚兄委托作者鲁冰寄赠5卷本《鲁冰花园》系列图书，李兄是该书的责任编辑，天天出版社2012年4月版。鲁冰是山东临沂的儿童文学作家，曾获冰心儿童文学奖、冰心图书奖、泰山文艺奖等，作品明净清新，唯美纯粹，诗意盎然，字里行间充满了浪漫、风趣、优雅的风情，像走进童话的峡谷，神奇幽深，如梦如幻，魅力无穷。此套书系分为《月亮生病了》《最亮的眼睛》《金色小提琴》《小鸟快飞》《凤凰吟》五卷，囊括了作家的获奖作品和代表作品，整套书装帧用心，设计疏朗，策划富有创意，每本书都附赠作者用稿费购买的一包15粒鲁冰花种子，爱心缱绻，情意浓浓。

2012年6月23日

北京藏书家、《芳草地》杂志主编谭宗远兄日前从北京寄赠节日文化大餐：一包当代文学著作，都是闻所未见的版本。粽子的甜香，艾叶的幽香，书叶的馨香，交织融汇着，就是今年端午的主题香味了。

《老高头》，谷斯范著，短篇小说集，新文艺出版社 1953 年 8 月上海第一版，封面有"中央人民政府政务院文教委员会图书室"蓝色图章。

《光荣的脚印》，顾工著，散文随笔集，工人出版社 1956 年 1 月北京第一版。

《卖梨》，刘澍德著，短篇小说集，作家出版社上海编辑所 1964 年 5 月第一版，封面有"音乐出版社图书馆"印章。

《生产待命》，陈萍著，中篇小说，新文艺出版社 1953 年 5 月上海第一版。

《英雄战歌》，田间著，长诗，诗刊丛书，作家出版社 1959 年 5 月北京第一版。

《军马歌》，火华著，叙事诗集，中国少儿出版社 1979 年 7 月北京第一版。

《红旗颂》，张志民著，诗集，百花文艺出版社 1965 年 7 月第一版。

《红旗颂》，张蒲家著，诗集，北方文艺出版社 1964 年 10 月第一版。

《风雪高原》，顾工著，散文诗、散文集，上海文艺出版社 1959 年 3 月第一版。

《向秀丽》，房树民、黄际昌著，文学传记，中国青年出版社 1959 年 4 月北京第一版。

《李大钊》，臧克家著，长诗，作家出版社 1959 年 6 月北京第一版，吴作人插图。

《飞来的仙鹤》，王兴东、王浙滨、刘子成著，电影文学剧本，中国电影出版社 1984 年 4 月第一版。（扉页出版社下有"1983 北京"字样，与版权页不符。）

2012 年 7 月 1 日

日前，北京作家谭宗远兄再次寄来一包书，特发书影，以记其情。

戏曲笔谈，赵景深著，上海古籍出版社 1980 年 3 月版

花蕾集，杨啸著，中国少儿出版社 1980 年 3 月版

情和爱之歌，徐放著，签名本，沈阳出版社 1991 年 6 月版

泉，方青著，作家出版社 1958 年 7 月版

胜利的进军，朱葦著，新文艺出版社 1953 年 7 月版

静静的哨所，李瑛著，解放军文艺出版社 1963 年 3 月版

锡城的故事，梅定著，上海文艺出版社 1960 年 6 月版

长空比翼，朱丹西、黎静著，中国电影出版社 1959 年 7 月版

流沙河之歌，康朗明著，作家出版社 1959 年 11 月版

钢城虎将，芦芒、吴洪侠、赵玉明著，上海文艺 1960 年 6 月版

向海洋，张道亚等著，上海文艺出版社 1960 年 4 月版

钢铁世家，胡万春著，上海文艺出版社 1959 年 12 月版

丰收之后，沈浮等著，中国电影出版社 1965 年 5 月版

短篇小说创作学习资料，文艺红旗、文学青年编辑部编，1959 年 12 月版

2012 年 7 月 5 日

近日先后收到姜晓铭、葛筱强、阿滢、谷雨、夏春锦诸兄惠赠大著签名本五种，其中毛边本三种。这些书都是《读书风景文丛》第一辑中的版本，丛书由西蜀爱书人朱晓剑兄主编，天地出版社出版。全套书共 18 种，从不同侧面关照了当下的阅读状态，状写了不同的阅读姿势，描摹出了一幅幅别具况味的读书画卷，茶余饭后，行旅途中，都可手持

一卷，养性怡情，消闲遣闷，实在是一种优雅而美好的享受。

关于读书的文丛，印象深刻并且编得好的已经有陕西师大版徐雁兄主编的《华夏书香文丛》、北京版姜德明先生主编的《现代书话丛书》，这两套书是书话中的翘楚，基本涵盖了书话领域中的佳作，具有广泛代表性。如今，朱晓剑兄主持的这套《读书风景文丛》，我以为也很有藏读的意义，其价值将随着第二辑的陆续推出而日益彰显，其个性化的张扬与丰富，也将随着岁月的加深而光彩四溢。不是说每一本、每一篇都那么精致，我想说的是，作为读物，这个版本的风景将定格在爱书人的记忆一角，成为时光的注释，并且会温暖着心扉。爱书，何尝不是爱人生；爱书，又何尝不是一种津津有味的生活方式呢。

现在我看到的这五种著作，里面都有关涉我的文字，因此读起来就更增添了一份心有灵犀的亲切与温润，能够感受到飞舞的文字之外，那一片氤氲的情谊和浓香的慰藉。

2012 年 8 月 13 日

假期结束，上班第一天，黄道吉日也。

接苏州学者王稼句兄寄赠《书情画意》毛边本，三联 2012 年 6 月第一版。书者，书法；画者，绘画。本书以读画读书为题，选现当代名家品赏心得，各抒己见，自成一格。读文，何尝不是悦读书画。书与画，两个概念，一脉清香。醉翁之意不在酒，在乎山水书画也。微斯人，吾谁与归。

2012 年 8 月 23 日

上海作家韦泱兄寄赠《百岁不老——罗洪作品精选集》，上海市作家协会主持，韦泱选编，上海文艺出版社 2012 年 6 月第一版，全书分为短篇小说和散文随笔两部分。扉页分别钤有罗洪阳文、百岁罗洪阴文印章两枚。韦泱兄扉页题签:"一百零三岁的罗老双目失明,已无法签名,两印留作纪念可也。编者韦泱谨识。二〇一二年八月盛夏。"赏之叹惋,情莫深焉。

2012 年 9 月 15 日

风月无边,秋送书香。北京作家谭宗远兄先后赠书若干:

心灵的历程,三卷本,刘白羽著,中国青年出版社 1995 年 5 月版

奴隶制时代,郭沫若著,人民出版社 1954 年 4 月版

在船台上,赵自著,作家出版社 1964 年 9 月版

三更有梦书当枕,徐可著,江苏教育出版社 1998 年 12 月版

今昔吟,臧克家著,山东人民出版社 1979 年 4 月精装本

普通女工,孔捷生著,上海文艺出版社 1983 年 12 月版

孙静轩诗选,忍冬花诗丛之一,2011 年 1 月版

茫茫的草原(上),玛拉沁夫著,人民文学出版社 1980 年 11 月版

新绿书屋笔谈,于浩成著,人民日报出版社 1984 年 8 月版

谈短篇小说创作,茅盾等著,解放军文艺出版社 1959 年 9 月版

种子,唐克新著,作家出版社 1964 年 12 月版

前线的颂歌,函子著,人民文学出版社 1959 年 9 月版

文学杂评,张天翼著,作家出版社 1958 年 10 月版

高尔基政论杂文集,孟昌选译,三联书店 1982 年 12 月精装本

林则徐——从剧本到影片,中国电影出版社 1979 年 9 月版

小花朵集,老舍著,百花文艺出版社 1963 年 3 月版

关于写诗和读诗,何其芳著,作家出版社 1956 年 11 月

黄山十一小英雄,王小鹰、陆坚著,少年儿童出版社 1978 年 6 月版

2012 年 10 月 1 日

转文友宁静的星空《感谢袁滨先生惠赠〈旱码头〉》博文：

前两天正在家校对翻译稿，忽听门外敲门声，有邮递员送邮件过来，一看信封是来自山东省淄博市周村区，便知道是杂志《旱码头》来了，很是欣喜，刚忙打开，映入眼帘的果然是 2012 年第 2 期，总第 6 期的《旱码头》。于是迫不及待打开来看，首先是目录，看到杂志分设小说林、美文苑、诗星空、松龄书院、商埠风景几个专栏。我首先拜读的还是松龄书院专门，其作者不少都是所常看博文的，如罗文华先生、孙卫卫先生、朱晓剑先生、杨栋先生、黄岳年先生，有些文章虽在博文中读过，但仍旧欣喜不已，因为我还是更喜欢阅读纸质上的文字，这也是为什么很多人喜欢下载电子书，而我仍旧喜欢寻觅纸质书的缘故吧。

自然，说起这本杂志，当然应该感谢该杂志副主编袁滨先生。其实，我和袁滨先生素未谋面，也只在博客中有过留言，但也说不上熟悉。可我不顾唐突，贸然给先生留言，是否能够惠赠一期《旱码头》拜读，先生不以为忤，让我告知地址、邮编即可。我欣喜不已，表示感谢。不过几天，便收到了这册杂志，实在是感动不已。尽管我一向不太敢于索书或刊，即便是熟悉者，我也不敢，更何况不太熟悉者。因此对于此次的唐突，心中总是惴惴不安。而袁滨先生乃忠厚长者，对于后学总是关怀，故惠赠一册。

在该期张恒善先生所撰《学如富贵在博收》一文中，虽然是读袁滨先生之《盈水集》所感，但从文中可知先生虽然从事广播电视工作，"同时醉心于淘书、藏书、读书、写书，也成就了许多的佳作和集子。"除了《盈水集》外，还有《窗子与风》、《盈水诗草》、《草云集》、《机关》等著作问世。说去周村，记得三年前吧，我们开国际学术会议后，与会代表就是去周村的古商城参观的，记得就有题写"旱码头"的景点，记得还曾在此合影留念，只是当时还不曾认识袁滨先生，不然那时候倒是可以亲自拜访的。但是，详细以后总有机会可以再往周村古城，探寻昔日旱码头，今日之《旱码头》，聆听袁滨先生之风范，领略古风悠然之商城！

2012年10月3日

作家赵德发先生惠赠长篇小说新著《乾道坤道》签名本，长江文艺出版社2012年9月版。这是一部全景描述道家宗教生活的长篇小说，也是大陆第一部反映当代道教文化的长篇小说，全书共分20章，33万余字，由曾策划过"布老虎丛书"的著名出版人安波舜先生策划选题并担任责任编辑。这是赵德发先生继反映佛教文化的长篇小说《双手合十》后的又一力作，与此前反映儒家文化的长篇小说《君子梦》形成了宗教文化三部曲，这也是赵德发先生在写完长篇小说"农民三部曲"（《缱绻与决绝》《天理暨人欲》《青烟或白雾》）之后的又一里程碑式的作品。作品主旨深邃凝远，浑厚博大，富有哲思和人生启迪，结构精妙，叙事灵动，跌宕起伏，读来震撼心灵，极具艺术冲击力。众多鲜活如生的人物群像，为当代文学画廊又增添了新的形象，而复杂曲折的神秘景象，又折射出了生活的原生态的一面，具有独特的审美价值和文化深度。用新颖的视角关照道教文化和当代人生，这是这部作品所彰显的气度，也是它厚重大气的质地所在。整部作品道家气场十足，富含钙质，带着锐利锋芒，在当下既罕见又振奋，标新立异，独树一帜，其社会和文化意义不容忽视，尤其该书所体现的前卫姿态、先锋精神和文化情怀都是前所未有的，自身魅力和影响力不言而喻。

假期得书，正好持卷悦读，此乐何极！爱笔打油两句以抒心怀：万物根柢出玄门，妙笔天然荡古今。老君香炉紫烟生，人间正道有乾坤。

2012年10月11日

今天是个特别的日子，今天属于文学，山东作家莫言获得2012年诺贝尔文学奖，众望所归，值得庆贺。

今天喜气盈盈，文学精神旗帜高扬，在这样的氛围里，我收到了赵德发先生用快递发来的大著《拈花微笑》签名本，文心出版社2012年3月版。全书分为四辑，第一辑：菊香里的梵音；第二辑：城堡上空的蒲公英；第三辑：蒙山萱草；第四辑：热忱·境界·修炼。书前有《自序：散文让我敬畏》，道出了作家为文心态，也透露出书名富有禅意的玄机。赵德发先生1990年以短篇小说《通腿儿》震惊文坛，一直以来主要从事小说创作，但他的散文随笔也是文采灵动，才情斐然，此前我曾珍藏着他的散文集《阴阳交割之下》的签名本，那是作家的第一部散文集，面前的《拈花微笑》是作家的第二本散文集，里面的文章非常耐读，有的篇章曾在全国引起重要影响，透过全书，可以领略小说家别样的文字神韵，可以透视并触摸到作家创作个性和丰富世界的另一面。

检点舍间庋存的赵德发各类签名本已经有九种，主要著作大概都全了，看着书架上形成的这个专题，内心的喜悦是难以言说的。

2012年10月20日

成都爱书人龙晓蓉女史惠寄流沙河先生《庄子闲吹》签名本，中信出版社2010年12月版。流沙河先生此前有《庄子现代版》问世，此部《庄子闲吹》是对庄子的另一种阐释，融合着沙老的心得与学养，有大智慧，读来大开眼界，趣味滋味齐上心头。晓蓉女史短信说："找流沙河老师签名的时候，他说知道您，说您是山东人，还给他寄过书。"寄的什么书我已经忘记了，老人还能记着这样的小事，真个"暖然似春"也。

我是很看重有上款的签名本的，无题款的签名其实就是一件商品，许多签名售书即是这样被操作的，意义不大。至于像巴金、张爱玲这样的大家签名本，则又当别论了，聊备一格而已。

龙晓蓉女史还寄来岱峻《民国衣冠》签名本，北京联合出版公司2012年9月版，描绘了抗战后中央研究院胡适、傅斯年、梁思成、林徽因等学者群像，故实丰赡，往事依依，宛然浮现，读之怅然。

2012年11月14日

王稼句兄寄赠新著《桃花坞木板年画》签名本，山东画报出版社2012年8月版，衬页贴有藏书票一枚，饶有情趣。全书分为：年画概述、桃花坞年画与苏州、桃花坞年画的主流（上）、桃花坞年画的主流（下）、桃花坞年画的另类、桃花坞年画的制作和销售，另有前言、后记各一篇。书内有大量彩色插图，十分养眼。由于篇幅关系，原有一篇《桃花坞年画的馀话》删去了。北有天津杨柳青，南有苏州桃花坞，年画之盛，莫过于此。稼句兄致力于苏州文化挖掘，成果颇富，此书可见一斑。

2012年11月19日

西安著名艺术家、收藏家崔文川先生寄来为我设计制作的藏书票，构图雅洁，画面清新，线条柔美，春色无边，不由醉意朦胧，乐而开怀，实在爱不释手，庋为珍品。

2012年12月15日

网购《雨声集》。这是姜德明先生的早期著作，山东人民出版社1982年9月一版，条形36开本，全书收文18篇，另有管桦序和作者后记，共8万3千字，印7100册。现在市面上已经很难见到了。

雨声，是个很雅致的词，令人生发无数感慨。"夜来风雨声，花落知多少"，确乎带出一抹怜惜之情；"秋阴不散霜飞晚，留得枯荷听雨声"，分明又是情思飘渺、清韵荡漾的写照；而"耿耿残灯背壁影，萧萧暗雨打窗声"的意境，则又是另一番凄清的情怀了。作为读书人，大都喜欢"风声雨声读书声声声入耳"的联语，看起来似乎风雅，其实说起来这还是一种根深蒂固的儒家思维，没有莫言先生"心如巨石，风吹不动"的大气魄。这也是书生小众与名家大师的心灵距离。

《雨声集》是一部散文集，姜德明先生一手写书话，情信辞巧，随物赋形，一手写散文，神与物游，大音希声。姜老的散文集《相思一片》早在 1989 年就曾获得全国优秀散文奖。这本《雨声集》里的《雨中访碛石》《初见呼兰河》《留得相思一片》《曼谷杂拾》《炮火中的鲁迅先生》等美文，虽题材不同，却吟咏情性，思与境偕，颇有韵外之致。

姜老近两年重印了一些著作，像《燕城杂记》《流水集》《梦书怀人录》等，但像《雨声集》《绿窗集》这样难寻的集子也很有读者，有眼光的出版家应该加以包装重版的。我这一本《雨声集》的珍贵之处，不仅是因为年岁久远，还因为这是一部姜老的签名本。

2012 年 12 月 25 日

圣诞节收到一份大礼：《收获》杂志和巴金故居寄赠的 2013 年台历。今年是《收获》创刊 55 周年，台历精选了《收获》杂志上刊登的优秀文学作品插图，很有欣赏价值。

2013 年 2 月 7 日

春节前收到不少新刊物，选出《杨柳风》《梧桐影》《点滴》三种联袂打油小诗，以贺新春：金蛇献瑞不是梦，桐花万里四座惊。点滴情动屠苏暖，诗酒杨柳正春风。

2013 年 2 月 16 日

正月初七，新春上班第一天，收到书刊一宗，当为新春贺礼也。

上海作家、藏书家韦泱兄寄赠《终研集》，陈梦熊著，韦泱编，上海文艺出版社 2012 年 12 月一版，系"上海老作家文丛"之一种。陈梦熊生于 1930 年，在海燕书店、新文艺出版社、上海古籍出版社等长期从事编辑出版工作，是鲁迅研究专家，著有《文幕与文墓》《〈鲁迅全集〉中的人和事》等。苏州图书馆寄赠《今日阅读》2012 年第三期，内刊拙作旧文一篇《影响我心智成长的十本书》。太仓图书馆寄赠《尔雅》2012 年第六期。

2013 年 2 月 25 日

由南京日报报业传媒集团主办的《都市文化报》在《书脉周刊》推出我的专版，时间是 2013 年 2 月 7 日，总第 693 期，正好是"春节特刊"。正月十六上班后接到样报，新春新喜，乐而开怀。

《都市文化报》全国公开发行，每周四出版，发行量 30 余万份。本期《书脉周刊·作家专版》刊登了两篇拙作，分别是写谷林先生的《秋水长天不老松》和写黄岳年兄的《一本一咏三叹的书》。该期专版配发了照片和简介，另外在头版提要进行了摘录介绍。如此规格，应感谢主办方提供的机会，感谢主编盛情邀约，感谢编辑不厌其烦地手机催促和电子邮件往还。情谊在胸，铭感难忘。

2013 年 3 月 10 日

收到西安文彦群《情谊如酒》，文风醇厚，富有秦韵，甘洌绵长，颇具韵外之致。

彦群君笔意直致，有建安风力，老辣绮靡，入乎其内，出乎其外，深谙为文之道。品其文也，心态虚静，手法隐秀，涵泳其中，皆见体性。其熔裁功力尤佳，心声心画，内美照人。

全书凡八辑：情谊如酒、师恩难忘、五味人生、文苑掠影、网事春秋、读书是福、凹友故事、以文会友。前七辑系原创，后一辑乃友朋对彦群君之评说，亦可视为彦群君之艺术剪影。彦群钦敬贾平凹，收藏极富，自成一家，众媒体报道甚多，名声鹊起，广有良誉。彦群君涉笔广泛，能诗擅文，是多面手。其诗我读的有限，却感觉取境新颖，兴象不凡，自有天趣。彦群君为人师表，有体恤良知，乃正版知识才子，植字稼句浑然不疲，珠玑横生，暗香浮动，一册在手，乐趣无穷，掩卷抚之，余韵袭人。

心赏美文，辄生感慨，遂口占俚句，以博彦群君一哂：天下文人是一家，情谊如酒动天涯。古城寻得春消息，最念长安野草花。

同日，阿滢兄寄来主编的《我的中学时代》样书5册，其中一册毛边本，天地出版社2013年1月版，来新夏作序。此书辗转多家出版社，终于出版，可谓好事多磨。阿滢兄为此书付出巨大心力，广邀全国作家参与，像张炜、周海婴、来新夏、黄裳、姜德明、文洁若、罗文华、林希、叶延滨、徐鲁、徐雁、龚明德、王国华、聂鑫森、刘绪源等，共38篇。我最初发表在《初中生》杂志的拙作《意气风发少年时》也忝列其中。中学时代是青春岁月的开端，留下许多难忘的足迹，人生易老，逝水流年，回味从前，感愧有加，爱笔题打油诗一首于书扉：不负众望聚群贤，一脉春水润心田。十年寒窗踏雪泥，未敢轻狂学少年。

2013年3月15日

收到南京《都市文化报》，其2月28日"文化评论"版刊登拙作《如此修改为那般》。3月7日"悦读"版刊登拙作《看书的收获》。

2013年3月24日

陕西作家任文兄惠贶签名本大著《我的乡村》，紫香槐散文丛书之一，西安出版社 2009 年 6 月版，王宗仁序。全书分为五辑：《闲情逸趣》《童年芳草》《乡村记忆》《乡人纪事》《大地秀色》，书末另有"附录"两文和作家《后记》一篇。任文君擅长乡土题材的写作，笔端凝结着泥土情结，流淌着春野清趣，散放着浓郁的大地气息，融合着写意与写实，像全书开篇之作《茶三题》，乡情乡音，如歌似梦，具有诗的意境，写出了乡村茶趣，细腻委婉，充满真情意趣，气象不俗。再如《玉米情结》一文，简直就是一卷民俗画，把玉米出芽、长叶、生长、开镰的过程进行形象描绘，饱蘸深情，抓住最本质的东西，细节在眼前像花朵次第开放，写景写情，也是写人，农民的形象就是这些玉米，极具象征意味，读这篇美文，令人想起汪曾祺的《葡萄月令》，想起苇岸《大地上的事情》，作家心有灵犀，精神的寄托真是异曲同工啊。任文君笔下风物旖旎，婆娑迷人，摇曳生姿，风情万种，"我的乡村"教人如何不动心，教人如何不想她！任文君佳作屡登《中华散文》《美文》《延河》《散文选刊》等名刊，并有力作精品多次进入《中国精短美文精选》等权威选本。这是实力作家的体现，也是作家澡雪精神的写照。

北京作家谭宗远兄寄赠珍品十余册，特贴出书目书影以谢友情：

《新芽》，戈基著，山西人民出版社 1964 年 12 月版，文学丛书之一。

《大路宽又长》刘德怀著，山西人民出版社 1964 年 12 月版，文学丛书之一。

《绝技》，鲁克义等著，山西人民出版社 1964 年 12 月版，文学丛书之一。

《朝阳沟》，杨兰春著，北京出版社 1964 年 2 月版，豫剧剧本。

《忆延安》，延河文学月刊社编，东风文艺出版社 1958 年 9 月版。

《她就是那个梅》，梅绍静著，作家出版社1986年8月版。

《黎先耀散文选》，北京文学创作丛书，北京出版社1982年7月版。

《风尘漫记》，秦兆阳著，长江文艺出版社1987年12月版。

《螺丝钉》，于逢著，中国青年出版社1956年9月版。

《鹰击长空》，杨大群著，春风文艺出版社1964年12月版。

《大欢乐的日子》，巴金著，作家出版社1957年3月版。全书19篇文章，142页，格调高昂，歌颂新中国的"大欢乐"。其中有一篇占了20页，该文很有意思，题目是《谈别有用心的"洼地上的'战役'"》，结尾一段是："在胡风反革命集团的真面目被揭露以后，作为这个反革命集团骨干分子的路翎的'作品'，是在为什么人服务，我们可以看得更清楚了。"我很尊重那个特殊年代的特别语境，对于一位崇尚倡导"说真话"的老人，读一读他违心应命的另类文章，其实"我们可以看得更清楚了"。

成都爱书人龙晓蓉女史寄赠余小林签名本诗集《默海集》，大众文艺出版社。另有成都图书馆读书杂志《喜阅》一册。

2013年4月2日

九十一岁的著名作家峻青老师惠赠大著《林寺吟草》，上海文艺出版社2012年12月版，系上海老作家文丛第三辑之一种。这是峻青老师的一部旧体诗集，全书按照年代分为四辑，另有附录两辑：楹联、题词和友人赠诗，我的一首小诗也忝列其中。

峻青老师去年以来先后出版了八卷本《峻青文集》、《峻青画集》和《林寺吟草》，这对九十高龄的老人来说，实在是罕见的，可见其创作实力和旺盛精神，真值得晚辈后学好好学习！

2013 年 4 月 5 日

苏州学者王稼句兄寄赠新著《采桑小集》签名毛边本，山东画报出版社 2013 年 1 月版，衬页贴有沈民義专门制作的藏书票一枚。这本书依旧是江南风物，依旧是清风往事，但那桃花坞，那虎丘中秋夜，那泥美人，抑或吴门灯市，襄衣饼，还有那专诸巷里顾二娘，都那样撩人思绪，那样情味氤氲，那样余韵绕梁，让人不由想起苏子瞻的词："幸对清风皓月，苔茵展、云幕高张。江南好，千钟美酒，一曲满庭芳。"

2013 年 4 月 14 日

赵德发先生快递惠赠最新著作《嫁给鬼子》，重庆出版社 2013 年 3 月版，系《人民文学》主编施战军兄主编的"大地之魂"丛书之一种。该丛书收入张炜《九月寓言》、李锐《万里无云》、陈忠实《霞光灿烂的早晨》、刘醒龙《燕子红》、艾伟《爱人同志》等实力派作家代表作，装帧素朴雅洁，版式清爽大方，是一套可遇不可求的小说经典文丛。施战军兄曾编发过我的作品评论，读他主编的书增添了亲切的乡韵，他是著名的文学评论家，眼光不俗，思维广泛，他从评论家和文学史家的视角来诠释当代作家的力作，意义非同一般，其含量和高度可谓特立独行、标新立异。尤其通过赵德发先生的这部著作，可进一步理解并保持对纯文学精神的秉承与超拔。

《嫁给鬼子》是中短篇小说精粹，文本的意义就是人性的张扬、呵护与反省，故事的跌宕、悬念的设置、语言的个性，乃至思想的深度、题材的驾驭和视觉的冲击，对于疲劳的当代文学都是旗帜鲜明的呐喊，都是细致入微的解剖，都是深入骨髓的警示。从《通腿儿》《窖》《选个姓金的进村委》到《嫁给鬼子》，从农民的淳朴的意识到自发的劣根性，乃至现代文明对乡土文化的影响，赵德发先生的文学文本已经建立起了新的美学秩序，并且达到了重建乡土文明和对于古老民俗的重新审视的高度。从纯粹的文学意义来梳理《嫁给鬼子》，这部书是一部接地气的厚重之作，它反映的是农村和农民，是人与特定历史的抒写，它的载体是大地魂魄，是精神对物质的反叛，它所涵盖的内容集中体现了变革中的乡土文明、现实冲突和精神追求，是有血肉的真实塑造，这也是包括《嫁给鬼子》在内的乡村"寓言"所要诠释的内涵，是跨越时间、事件和技巧的另类的乡村文化解读，更是丛书中每一部作品得以扎根立足的生命线。

2013 年 4 月 21 日

西安画家、收藏家崔文川兄签赠《文川书坊》，委托鲁冰兄从北京捎来，非卖品，收录有关文川兄藏书票艺术的文章和图片，颇可观焉。

济南张期鹏兄赠《淡淡的背影》和《吴伯箫书影录》，前者系张兄文史散文集，上海锦绣文章出版社 2012 年 7 月版，后者系张兄书话著作，乃吴伯箫先生的版本考证，莱芜市文联《凤鸣》2012 年 8 月增刊。这些年张兄默默为吕剑、吴伯箫等老人做了一些好事，出版有《吕剑书影录》等，在文坛广有美誉。张兄对历史文化散文情有独钟，作品字里行间散发的人文情结让人感念。有些篇章，像《率真孔子》《魅力孔子》《苏轼与济南》《蒲松龄与莱芜》《赵之信的"莱芜诗"》《在青岛访名人故居》《可怕的谎言》《沂蒙随想》等，都是接地气之作，读来拍案惊奇。里面也融汇着一种体恤意识，氤氲着一股知识分子的正气，甚为难得。张兄还出版有散文集《啊，莱芜……》，体现出他对家乡风物的喜爱，别有趣味。

于晓明兄签赠《原本是书生》，海天出版社 2013 年 1 月版，系于晓明 2007 年 10 个月的日记，有多条关涉我的内容。

2013 年 5 月 1 日

五一假期与书画家雅聚，受赠赵昌兰女史美人图一幅，无题，乃打油半阕长短句凑趣：红粉面，袅娜梦里见。青袖摇曳入花里，绿茎婆娑恨春残，一曲菩萨蛮。

2013 年 5 月 6 日

北京安武林兄快递发来一部珍本——《千雯之舞》，张之路著，中国少儿出版社 2011 年 1 月版，16 开本，签名毛边本。张老师是儿童文学大腕，著作等身，系大名鼎鼎的《霹雳贝贝》的作者，长篇小说《第三军团》被列为百部少儿经典作品，曾获国际安徒生奖提名奖、中国安徒生奖。现任中国作家协会儿童文学委员会副主任。

《千雯之舞》是一部奇书，通过一段汉字文化的魔幻传奇，运用悬疑、穿越、情爱等技术手段，立体展示中国文化的魅力和不为人知的神奇世界。此书在艺术上堪与诺贝尔奖作家莫言的《生死疲劳》媲美，气场十足，内蕴丰厚，是作家的巅峰扛鼎之作。

2013 年 5 月 11 日

网购《王府井小集》。

"相知何必旧，倾盖定前言"。这是东晋末期五柳老人的句子，友情历久弥新，书人书事，何尝不是如此。一本书读过了，多年后还能引起你的记忆，找出来再读，重温书香书梦，足可见出这本书的魅力趣味。《王府井小集》就是这一类的书。这是姜德明先生 1988 年 3 月在作家出版社印行的一部小书，条形小三十二开本，即使是旧书坊里，这书也属于罕见之物了。

《王府井小集》总共四十九篇正文，大都短小，小半天足可过瘾读完。《王府井小集》适宜夕阳下翻览，对晴窗漫读，或衾上仰观，啜茗闲品，那情景虽则室内纸上游，却似绵密的杏花雨拂面，又像温润的杨柳风暖心，就像古人所吟咏的那样："才下眉头，却上心头。"

2013年5月23日

北京作家孙卫卫兄惠赠新著《小小孩的春天》，江西高校出版社2012年12月版，是一部少儿散文精品集，书扉贴有崔文川兄设计的藏书票，周晨的装帧设计也很漂亮。书前有中国作协副主席高洪波题诗。孩子和春天是最美的诗行，这是很精粹的一本书。

2013年6月13日

端午节上班后，接到姜德明先生惠赠《孙犁书札——致姜德明》签名本，百花文艺出版社2013年5月版，16开本，收入孙犁致姜德明书札111件，全部手迹影印，非常精美，该书另有《我看孙犁》一辑，收姜老所写孙犁文章7篇，勾勒出了大师的不同侧影，文字散淡、亲切，读来十分有味。

2013年6月19日

转安徽阿满博文：袁滨兄爱读书、爱藏书，书斋名为盈水轩。兄传来纸条，属刻"盈水轩藏书"一印。有感于袁兄的盛情，内心便想把这件"活儿"揽下，只是手头一时没有细腻的石章，无奈将刻印一事搁浅多日。

前不久，邮购了一批练习印石刻章，顺便购了一些细腻的石料。抽了空闲，操刀刻石，刻成此印："盈水轩藏书"。印为朱文，线条纤细，但不纤弱，圆静中的体态自我感觉还是舒展的（呵呵，有点王二卖瓜之嫌疑啊）；"盈"字内的"又"与"书"内的回格遥相呼应，"水"字起了一点波澜，意在流动。总体来说此印章的布局较平正，脱胎于汉印，没有流行的印风。或许现在不流行，将来回归，可能又流行。这世上的事总是一个低谷一个巅峰的上下波动而前行。

2013 年 6 月 27 日

潜庐是济南作家徐明祥的书斋，也是郁郁书林的一道风景，是读书人熟悉并且钦羡的温馨所在。如今，潜庐主人经过一年精心搭建，一栋别致精美的读书小屋又豁然出现在爱书人的视野中，这就是期待已久的《潜庐读书记》。该书由内蒙古教育出版社出版，2012 年 5 月第一版，2013 年 4 月第一次印刷，系"纸阅读文库·原创随笔系列"第三辑八种书中的一种，该书的《跋》2012 年三月写成，到六月才改定，可见出其用心。《潜庐读书记》由著名书画大师王学仲先生题签，著名老作家峻青先生赋诗作序，海南作家伍立杨以《潜庐的大境界》为序，联璧合，蔚为壮观。全书收文三十八篇，分为三辑：《齐鲁风骚》《雨夜闲读》《寂寞书香》。《齐鲁风骚》专写与山东有关的作家学者，像峻青、王学仲、李心田、姜德明、黄裳等，写出了作家自己眼中的耆宿大儒，每每都有自己的所感所得；《雨夜闲读》显然是一组轻松的书话，但书话近来用的有点滥了，还是读书随笔更见自由活泼，实在不必拘泥一点一滴，这些文章作家信手拈来，得心应手，何也？因为都是作家熟悉的学者和作家，大都亲身交往过，那些人和书，作家如数家珍，娓娓而谈，笔下依旧是他独到的见解和发现，趣味十足，信息尽可捕捉；《寂寞书香》也是读书随笔，但侧重点专注在藏书家、书话家和出版家上，是纯正的"书人书事"，味道自是不一般。全书三辑，一脉相承，既有外在的声气相投，又有内在的异曲同工，尤其全书彰显的人文逻辑和深厚内蕴，犹如一串珠链闪烁出睿智、灵秀和雅致的光彩。

《潜庐读书记》是纸阅读文库里的个案，其特别在于大量的珍稀书影、手迹、照片和题词，这是该文库中唯一这样设计的一种，在已经出版的文库版本中也是唯一的一本丰美和唯美叠加的书。该书还做了150部毛边本，此部编号67，明祥兄并在衬页法书"三径就荒，松菊犹存"赠我，此《归去来兮辞》中五柳先生名句，大有深意在焉。明祥兄书法得黾翁点化，自见不俗，另人刮目。书中引录了扬之水先生给我的一封信，还有明祥兄与薛冰、自牧、王稼句和我的一张合影，读见了格外亲切。知名的草原读书种子阿泉兄发来短信特意让我参考其版式，以便合适的时候也推出一卷"盈水轩读书记"。此当后话，不赘。

品赏《潜庐读书记》，信马由缰，情不自己，顺口打油几句长短句，以识心曲：

岱顶又惊艳，芸香连绵，潜庐读写记新篇。一片泉声润绿笺，别有洞天。

颂齐鲁群贤，魏晋遗范，晦庵笔意韵无前。喜看文章传海内，风雅千年。

2013年7月3日

转内蒙冯传友博文：6月27日出版的《包头广播电视》报《敕勒川》文学副刊头条发表了袁滨兄的《胡思乱想》评论——《思想的疆域如此辽阔——〈胡思乱想〉悦读走笔》。

2013年7月11日

苏州学者王稼句兄惠赠《书生风味》签名本，南京师范大学出版社2013年5月版，文化人生丛书之一种，全书共24篇，另有自序和后记各一篇，这也是稼句兄著述的一贯做法，读来非常完整。书内文章题材丰富，有序言、文化随笔、读书杂感，也有专业论述姑苏版画的文章，文字也是炉火纯青，典型的江南才子笔墨，那种美妙意境只有细细品味才能领略。书的名字取自金代诗人元好问《李进之迁轩二首》之一：

"白发归来世事新，书生风味是清贫。敧斜历落从人笑，燎倒粗疏我自真。"遗山的诗自然有其特定的意义，但稼句兄用来作书名也是别具风味，说起来，书生的风味就在守望的岁月里，就在坚守的气节里，就在激扬文字的追索中。所谓书生意气，也就是书生的情怀风味，实在是大有清趣的。

另外想说的一句话就是，沈民義先生的藏书票很是简洁舒朗，但素朴中更见出一份本真，满纸书生气息，有版画的生动，也有油画的质感，确实不错。

2013 年 8 月 8 日

假期中，上海作家、藏书家韦泱兄惠赠新著《旧书的底蕴》，上海辞书出版社 2013 年 6 月版，系董宁文兄主编的"开卷书坊"第二辑之一种，南京著名作家、藏书家薛冰先生序言。全书分为三辑，每辑 20 篇，另有后记一篇。第一辑：淘书之乐。叙写了作者淘书趣味、淘书心态、淘书心得、淘书甘苦，像《文庙淘书记》《雨中淘书记》《寻觅小人书》《京城淘书记》《乐淘在神州旧书店》等，就很形象地印证了淘书的种种，如鱼饮水，滋味尽在文字中，大江南北留下了一串串淘书的印迹，让人领悟到一种"挥毫当得江山助，不到潇湘岂有诗"的兴味。第二辑：嗜书之语。状写了作者爱书情怀、藏书特色和读书体味，像《收藏签名本》《藏书家的家底》《作家与藏书票》《连环画小考》《书话须有一点新意》《毛边书》《影印本》等，就让爱书人找到了共鸣，与书相伴，芬芳自赏，感受到一种"操千曲而后晓声，观千剑而后识器"的意蕴。第三辑：旧书之趣。记写了作者沉浸旧书、摩挲旧书、品味旧书的心迹和享受，像《旧书缘深解亦难》《冷摊负手对残书》《旧书的温情》《旧著相赠情更增》等，就是作者情有独钟，痴情旧书的映照和写真，使人意会到一种"根本固者，华实必茂；源流深者，光澜必章"的法度。

书的衬叶，韦泱兄还贴了一枚藏书票，痴书情状颇可玩味。

2013 年 8 月 17 日

安徽师大桑农教授惠赠《读书抽茧录》签名本，开卷书坊第二辑之一种，上海辞书出版社 2013 年 6 月版。全套书我已经有九种，还剩三种，那三种因为不想读，也就随他去。

桑农先生长期研究新文学，成果丰硕，视角独特，他的《徐志摩与他生命中的女性》《艺境无涯：宗白华美学思想研究》，一看就知道分量，是爱书人喜欢的读物。他还有一本《随遇而读》，体现出他的读书趣味和悠闲自得的心态，真是让人羡慕。这一册《读书抽茧录》也很丰富，抽茧一词很形象，让人想起清人张迁济的联语："读书心细丝抽茧，练句功深石补天"，据说作家柯灵的书斋里就曾挂着这样的对联。全书收文三十六篇，勾勒绘就了现当代文学史上一些故人交往的趣闻轶事，像《吴宓与毛彦文》《凌淑华与徐志摩》《林徽因与冰心》《范用与绥青》等，仿佛一只旧日的风筝，把人吸引到那片历史的云天里，放眼望去，还是那么鲜活灵动，妖娆婆娑，真有一种"人面不知何处去，桃花依旧笑春风"的意味。因为曾去北京拜访过谷林先生并有晤谈之缘，我对关涉谷林先生的文字特别感兴趣，读了桑农先生《谷林的另一面》，对其"温和谦逊，淡泊名利"的另一面，即"关心社会的'忧生悯乱'的积极性"，桑先生提炼为"对历史和现实的公共关怀，有的甚至触及时忌"，很是让人欣赏，这正是一个知识老人的良心所在啊，如今老人不在了，麻木不仁的伪知识分子跳梁不已，更令人无限怀念谷林先生了。

《读书抽茧录》是读书随笔，却不是简单的个人阅读印记，它的共性在于开卷的有益，即书中所记写的那些人和事，都是文化星河中不可磨灭的影像，普遍意义中蕴含着特殊的个性，桑农先生带领我们走近历史，走近文化名人内心的深处，我们感受到夏日里一阵阵惬意的清凉，感受到别有洞天的魅力和韵味。桑农先生真诚执着，冷静的文字其实散发着一股热力，人和事渐渐老去，不老的是精神和人格，那些故实的梳理和探究，都是花费着心力和眼光的，我们能够想象桑农先生"抽茧"的姿态，那是读书人多么温馨熟稔的场景：一杯飘着清香的茶，一盏孤独却明亮的灯，也许还有一支可以随意勾画的笔，桑农先生真的就像采桑的老农，疼爱有加地呵护着蚕宝宝，伴随着这些可爱的小精灵蜕变、吐丝、作茧、升华……

桑农，让人想起江南，想起那些悠远的诗意，苏轼写道："谁家煮茧一村香，隔篱娇语络丝娘。"这大概是在分享喜悦了。范成大也曾诗云："姑妇相呼有忙事，舍后煮茧门前香。"这就又是一番愉悦的景象了。至于翁卷所吟咏的："两鬓樵风一面尘，采桑桑上露沾身。"分明就有了掩饰不住的辛劳况味了。无论怎么说，采桑养蚕也罢，抽茧作丝也罢，都是极其艰难的，读书和人生也是如此，没有这样惊心的过程，怎么能有锦绣天成呢。正如陆放翁所吟唱的那样，"人生如春蚕，作茧自缠裹。一朝眉羽成，钻破亦在我。"读桑农先生《读书抽茧录》，这种意境就更加鲜明了。

2013 年 8 月 31 日

近日收笺纸及书一宗：

西安艺术家崔文川兄惠寄为我制作的《盈水轩笺纸》十卷，高古、清雅、素洁、精致，氤氲着一片闲情逸趣，不由想起唐人崔日用"金屋瑶筐开宝胜，花笺彩笔颂春椒"的旧诗，实在是极有韵味。"盈水轩"系著名书画大师王学仲先生为我题写，文川兄独具艺术匠心，设计制作的让人爱不释手。

云南楚雄州政协副主席、作家马旷源兄惠赠《旷源别集》(云南美术出版社2012年6月版)两种并《马旷源研究资料》(中国诗书画出版社2012年10月版),马兄豪放,文风泼辣,才情荡漾,手札"赠袁滨"一诗:原(袁)来不见九州同,滨海一角起大风。曾从蒲园匆匆过,未莅辕门觅酒盅。狐娘唱罢小鬼啼,钟馗一去趣无穷。读书种子本无意,遍撒中华宇宙中。

马兄去年曾来淄博一游,观周村大街和淄川蒲松龄故居,可惜缘悭一面,错失把酒临风的机会,叹叹。

上海作家、古籍鉴定家陈克希兄惠赠《海上旧书鬼琐话》,内蒙古教育出版社2013年4月印刷本,纸阅读文库·原创随笔系列第三辑之一。此书委托自牧兄转交,自牧兄又托同学捎来,题款为"初夏时节",而今已经新秋正浓了,正是悦读大好时光,不亦快哉!

太原作家薛保平兄惠赠《桃园书情》毛边本,三晋出版社2013年4月版,此书系薛兄书话随笔集,笔意灵动,书香袅袅,其中有很多书都是我所喜欢的,舍间有藏,读来十分会意。

2013年9月7日

四川作家、书法家唐宋元兄惠赠法书"幽闲自得",深得我意,秋虫唧唧,秋意婆娑,想起前人"金风如洗,高楼一夜对婵娟"的意境,实在是幽闲自得至极。

2013年9月14日

济南作家张期鹏兄与夫人光临盈水轩观书茶话,在《淡淡的背影》《吕剑书影录》等著作上题跋留念并赠送万松浦书院10年特刊一册。秋光长天,气候适宜,友朋畅聚,舍间增辉,此乐何如!

2013 年 9 月 23 日

收到一宗书刊：

河北《藏书报》编辑张维祥兄寄来《藏书报》9 月 16 日样报两份，其第 10 版刊发拙文《风雅文章传海内》，是为徐明祥兄《潜庐读书记》写的读后随笔。同期报纸还有徐雁、韦泱、沈文冲、阿滢等友人文章，琳琅满目，宛如中秋团圆会，实在是乐在其中。

长沙作家吴昕孺兄寄赠长诗《原野》签名本，中国文联出版社 2013 年 5 月版，龚鹏飞以《天地石头唯在真》为序。昕孺兄的诗宏阔辽远，内蕴深沉，大气唯美，既有历史的厚重感，也有新锐的冲击力，在传统元素中融入了清新的意象，读来回味不绝，击节赞叹。

北京作家谭宗元兄寄赠今年第三期《芳草地》内有徐明祥、杨栋、钦鸿等友朋的文章。谭兄电话中说：近来正在外地演出，可见谭兄多才多艺之一面也。

南京董宁文兄惠赠《开卷闲话七编》签名本，上海辞书出版社 2013 年 6 月版，闲话到了七编，这是不断坚持的结果，也是有心编织的一道风景，将来研究文学史，都是必不可少的资料，弥足珍贵。此书收到一段时间了，放在枕边，时常翻翻，书内收有我几首小诗，鸿泥雪爪也。

南通沈文冲兄寄赠《中国毛边书史话》毛边签名本，内蒙古教育出版社 2013 年 4 月印本，另有发行纪念藏书票一枚，书内有涉及我的文墨，读来亲切。沈文冲兄致力毛边书研究，先后出版《毛边书情调》《百年毛边书刊鉴藏录》等专著，颇有建树。

2013 年 10 月 5 日

书林蝴蝶款款飞，日前收到《纸上落英：中国文化名人藏书票》，上海书画出版社 2013 年 8 月版，十六开，精装，上海图书馆中国文化名人手稿馆编。全书收录现、当代文化名人藏书票 247 枚，像艾青、巴金、臧克家、冰心、陈忠实、刘白羽等，甚至章子怡、李双江、聂卫平、顾长卫等人的书票也都收录了。书中还配有陈子善、张香华、高莽、周立民、韦力、赵丽宏等人的书香文字，清趣荡漾。

纸上落英，这是很美的意境，芳草鲜美，落英缤纷，乱红迷眼，直让人感受到桃花源的气象了。确实，一枚枚藏书票，就像书林中的蝴蝶一样，款款飞舞，鲜活灵动，把人带入一个文化的仙境。

美中不足的是文字校对还有遗憾之处，像鲁彦周，他的长篇小说是《彩虹坪》，书中印成了《新虹坪》了。邓友梅的介绍中说"曾连续五年获全国优秀短篇小说奖"，也不准确，事实是：邓友梅的《我们的军长》《话说陶然亭》1978 年、1979 年连续两年获得全国优秀短篇小说奖；中篇小说《追赶队伍的女兵们》《那五》《烟壶》连续三届获得 1977——1980 年、1981——1982 年、1983——1984 年全国优秀中篇小说奖。因此，不是连续五年，也不是单纯的短篇小说。当然，这都瑕不掩瑜，掩盖不了落英的芬芳四溢。

2013 年 10 月 9 日

浙江作家夏春锦兄惠赠多年精心撰著的台湾版新书《山城卧治》，台湾秀威资讯 2013 年 8 月第一版。该书系研究明代文学大家冯梦龙的专著，运用鲜活的第一手资料，立足冯梦龙在福建寿宁的独特视角，旁征博引，爬梳整饬，脉络清晰，勾勒出一幅文学大家执政为民、交游治学的生动画卷，让人想起孟子所言："颂其诗，读其书，不知其人可乎？是以论其世也。"作家围绕这一命题下了一番功夫，所谓"文以纪实，浮文所在必删"，正是作家撰著的心态写照，因此，全书读来给人印象是：可亲可信，可圈可点，可赏可藏，是了解冯梦龙不可缺少的一部佳构，也可以视为冯梦龙研究的重要文本。

抚卷生喜，不胜感触，乃口占打油小诗以博春锦兄笑耳。

山城卧治见风神，锦色天成杨柳春。三言传奇名后世，一卷清辞慰文魂。

2013 年 10 月 10 日

河北篆刻家、书画家韩大星先生惠赠其父五卷本《韩映山文集》签名编号本，编号 100，河北教育出版 2011 年 12 月第一版。韩映山是文学大师孙犁弟子，荷花淀派传承人，在当代文学史上占据重要地位，著有《一天云锦》《绿苇丛中》《满淀荷花香》《明镜塘》等 300 多万字的富有水乡情调和荷花淀派风格的文学作品。

韩映山先生初二即在孙犁主编的《天津日报·文艺周刊》上发表作品，可谓少年英才。孙犁在 1962 年就曾评价道："韩映山的艺术感觉很灵敏，他的联想力很丰富，他对于人民的生活和他们的命运，有一颗质朴善良的心。对于家乡人民思想的进步和生活的美满，有着崇高的赞颂热情。"权威词典对韩映山先生都列有专门的词条。复旦大学著名教授潘旭澜先生主编的《新中国文学词典》韩映山词条这样评价："其创作受到孙犁影响，格调朴实、清雅，风格明丽、隽永，以写日常生活、民情风俗见长，具有冀中平原白洋淀气息。"牡丹江师院、黑龙江大学、河北教育学院等单位联合编写的《简明中国当代文学辞典》韩映山词条说："韩映山的文学创作以小说为主。他侧重描写冀中地区人民不同历史时期的生活图画，歌颂生活中的新人新事新思想。他善于将美妙的自然风光与人物美好的思想感情结合起来，作品具有篇幅短小，情景交融，诗意盎然的艺术特色。"戴翼、陈悦青主编的《中国现当代文学辞典》韩映山词条如此介绍："他的作品多反映白洋淀的水乡生活，充满了冀中平原浓郁的乡土气息。在艺术风格上师承作家孙犁，清新明丽而又质朴自然，被称为荷花淀派的一员大将。"

以上几种重要工具书都是从文学史的角度对作家进行介绍的，是站在史家角度，以史学笔法来评析的，是具有代表性的，也是有着典型意义的，基本上是一种定论，值得研究鉴赏。

五卷大书就是五座山峰，每一座都让人高山仰止，抑制不住收到这套书的兴奋之情，乃咏小诗以抒怀：枝枝婆娑绿丛丛，叶叶婀娜花重重。一天云锦满淀香，白洋倒照映山红。

2013 年 10 月 17 日

济南作家张期鹏兄惠赠《莱芜现代三贤书影录》：《吴伯箫书影录》《吕剑书影录》《王毓铨书影录》，山东大学出版社 2013 年 9 月第一版。吴伯箫、吕剑是现代文学史上知名作家、诗人，王毓铨则有些陌生，通过书影录，知道王先生是历史学家，致力于明代历史研究，尤其对古代货币和明代土地制度研究具有独到之处，曾和胡适等颇有交谊。《吴伯箫书影录》《吕剑书影录》曾以莱芜文联《凤鸣》增刊形式出版发行，产生过良好影响，尤其在读书圈里，广为赞誉。这套书是期鹏兄"生命存在的一种表现形式"，是他历时一年半"眼前直下三千字，胸次全无一点尘"的治学缩影，是他"熟读精思，攻苦食淡"的精神写真，也是他"谢朝华于己披，启夕秀于未振"的成果体现。张期鹏兄对乡土文化有一种浓郁而不泯的热切情结，先后出版的《啊，莱芜……》《淡淡的背影》等散文随笔专著，就以乡俗、乡情、乡音等文化视角，描绘出一幅幅多姿多彩的人文画卷，有一种班固所说的"其文直，其事核，不虚美，不隐恶"的史家笔意。期鹏兄有着鲁人的豪放，也有着儒家的温

148

文，两者融汇而蕴涵的慈爱之心和仁爱美德，表现在具体的生命形态中，那就是为家乡的文化前贤做善事，他不仅一再为吴伯萧、吕剑等人梳理、打捞被历史湮灭的陈迹，编辑出版了吕剑的《我的童少年时代》和吴伯萧等人的书影录等著作，而且不遗余力地挖掘乡土文献和资料，立足以文史家的情怀，默默去为地方文化事业的繁荣贡献力量，这是一个真正有良知的知识分子的胆识、眼光和自觉的义举，是古代文人所崇尚的"兰生幽谷，不为莫服而不芳；舟在江海，不为莫乘而不浮；君子行义，不为莫知而止休"的道德气节，从期鹏兄所作所为，我感悟到韩愈"根之茂者其实遂，膏之沃者其光晔，仁义之人，其言蔼如也"这句话那深而不俗的内涵。

这套书整体设计透着文化气息，简洁新颖，大方典雅，实在是典藏的读物。

2013 年 11 月 4 日

茅盾文学奖获得者张炜老师惠赠瑞典文版《古船》，精装钤印签名本，《中国故事丛书》之一，陈安娜翻译。该丛书将陆续翻译推出张炜先生的《九月寓言》（翻译：Lennart Lundberg 罗德保）《外省书》《丑行或浪漫》（瑞典文翻译：周宇婕）《刺猬歌》等。《古船》最初刊登在《当代》1986 年第 5 期，发表后在海内外引起强烈反响，被公认为是中国现当代文学史上最具文学品质和艺术品位的史诗性巨著，但由于胡乔木和时任中宣部文艺局局长的孟伟哉等人的政治干预，受到不公正对待。时间最终证明了《古船》的价值，被评论界认为是"大陆小说中的极品""是民族心史的一块厚重基石"。《古船》入选《亚洲周刊》"20 世纪中文小说 100 强"和大陆百年百种优秀文学图书，被法国教育部和巴黎科学中心确定为全法高等考试教材及必读书目，并获得人民文学奖、台湾金石堂最受欢迎图书奖等。

陈安娜1965年出生，本姓古斯塔夫森，是作家、翻译家万之的夫人，曾经译介过莫言的《生死疲劳》《红高粱家族》等，从而为莫言获得诺贝尔文学奖做出了杰出贡献。此次翻译经典名著《古船》，可谓慧眼，是为中国文学进入世界文学史作出的又一巨大贡献。

2013年11月13日

友情馈赠：山东省作协主席张炜老师惠赠《万松浦10年特刊》，万松浦书院编，分为《关怀》《关于书院》《筑万松浦记》《书院的思与在》《谈书院》五个部分，图文并茂，用大量图片展示了2003年9月到2013年9月10年间的书院风貌，资料性很强，展现了中国现代第一书院的风采和品位。万松浦书院是由复旦大学、山东大学、山东师范大学、烟台大学等高校发起，坐落在龙口万亩松林中，传承了中国传统书院的基本元素，融入了现代人文精神，张炜先生担任院长，已经成为具有厚重文化底蕴和学术前沿的文化地标。

作家宗利华兄惠赠小说集《蓝颜知己》和《天黑请闭眼》签名本，前者系中国小小说金麻雀获奖作家文丛"宗利华卷"，世界图书出版广东有限公司2011年6月版；后者系"文学鲁军新锐文丛"第二辑之一，山东文艺出版社2012年11月版。利华兄以小说创作闻名，作品被《小说选刊》《中篇小说选刊》《新华文摘》《北京文学·中篇小说月报》《小小说选刊》等多次转载，语言睿智，结构精巧，叙事讲究，善于在起伏不定的的语境中刻划人物性格，有着特别的审美趣味。

宗利华兄另赠《师生记》，安徽美术出版社2013年3月版，朱新建、潘士龙、马辉、郭贵林主编，是可赏可藏的一卷画册。

淄博晚报副总编、诗人郝永勃兄惠赠诗集《平民诗篇》签名本，北方文艺出版社 2010 年 10 月版，其中《桃花开，桃花败》一诗中有"一夜春雨／打败天下所有的桃花"的句子，意象新颖，富有空间感，可见其诗歌特色。

2013 年 11 月 15 日

长春诗人姝燕惠赠《指上时光》诗集签名本，延边大学出版社 2013 年 7 月版，系吉林省作协 2012 扶持作品之一种，书前有吉林文学院院长韩耀旗序言《内心的呼唤》，全书分为六辑：第一辑《青丝扣》，第二辑《指上时光》，第三辑《浓缩的乡情》，第四辑《草原恋曲》，第五辑《江南诗韵》，第六辑《遥遥的远》。姝燕的诗意象丰盈，意境唯美，句式飘逸，富有意蕴，形成了鲜明的个性风格。

姝燕不是那种性感轻薄的时尚美女，她是那种质地古典的优雅淑女，骨子里的诗性气度和才女风韵使她散发出一种只可意会的韵致之美。品姝燕的美，不可不读她的诗，诗是她的花蕊，她的肌肤，她的血脉，美到极致才暗香浮动，晶莹剔透，好不撩人。姝燕秉承着北方的奔放和南国的灵秀，她的诗句迸散着刀锋的速度和雨巷的湿润，融汇着北方之北和南方之南的缱绻与决绝，淋漓的快感引领着攀上艺术的绝顶，那一片旷美的欲望草原，那一串莫愁湖的海棠红，还有那绵延的紫雏菊的呼吸和圣水之恋的颤栗，都定格在"指上时光"，张扬着生命的纯美和升华，带来一片清新的彻骨的审美体验和震颤享受。

姝燕的诗美怒放着节制、内敛和包容。行云流水的诗美，追寻着诗性的源流，建构着多维的意象空间，涌动着强劲的张力和磁力，她的富有节奏的陌生化语境，充沛的想象力和生机无限的创造力，都饱满地呈现出一种诗歌审美的特质。这里的节制，实际就是传统诗美的积淀和发扬，而怒放的本质其实就是个性的喷发，内敛是一种呼应，包容则是本真的书写。姝燕诗美的意义不在于写了什么，而在于她对诗歌立场的坚持，在于对诗歌传统的颠覆和突破，在于藩篱打破之后新秩序的建立和美学原则的新的矗立。从纯粹的诗歌语境审视姝燕的诗性品质，姝燕的诗美是她实现自我价值的一种真诚释放。局部的美显然有着阅读的偏见和局限，只有无限地延伸和嬗变，才是美的深入和持续，这也是姝燕诗歌精神的宿命，她的诗印证着，并将不断赋予新的内涵。

2013 年 11 月 20 日

收到著名作家峻青先生的《峻青书画集》后一直放在枕边欣赏，很想写点什么，但面对这么精彩精美的书画，竟然无从下笔。该书系上海世纪出版公司少年儿童出版社 2012 年 12 月版，分为《花鸟》《人物》《山水》《扇面》《书法》《小品》，书前有林牧《意韵深远画如诗》的代序。

峻青老师今年已经九十高龄，曾多次给我赠送书画作品，能够集中欣赏先生的书画，是难得的艺术享受，如今像峻老这样充满艺术才情和个性的作家太少了，常让人生"今不如昔"之感。峻老的书画像他的文学著作一样，格调清新，技法娴熟，兼工带写，笔墨富有诗意和魅力。观赏这些书画，其花鸟清奇俊雅，山水遒劲苍润，人物明快典雅，书法浑厚雄重，即使扇面、小品也是风姿秀逸，机趣天然，饶具意态。

2013 年 12 月 1 日

近期正在升级改造书房，主要硬件工程是在客厅增加了五个书橱，软件工程也在同时进行升级，趁着卓越亚马逊和当当优惠打折（打折觉得也还是贵），购进了一批战略武器，选四种公示（当然还有机密性战略武器暂不便公布）：

31 卷本诺贝尔文学奖作品典藏全集，新星出版社 2013 版，优点是装帧精良、作品经典，缺点是从 1903 年毕恩松（又译：比昂逊）的

《阿恩》只精选到了 1957 年加缪的《鼠疫》，跨度只有半个世纪，远远不能反映诺贝尔文学奖全貌。401 元。

4 卷本宗白华全集，安徽教育出版社 2012 年 2 版 2 印。基本涵盖了宗先生的主要作品，但绝对不是全集，似乎编辑体例上有点问题，有点乱，看不出哪是宗先生的代表作。118 元。

20 卷本贾平凹作品集，译林版，优点是除了《带灯》外，贾平凹主要作品一网打尽，缺点是字太小，开本太大，大 16 开不方便阅读，不是精装。314 元。

《福克纳文集》，上海译文版，共 8 卷，只有 5 卷，缺三种，好在所缺作品已经有别的替代版本，66 元。

2013 年 12 月 8 日

收到我写序言的两种书：《秋缘斋书事五编》，我的序言题为《书事流芳播九州》。

《恋爱宝贝》夏岚馨著，作者是海南小说家、剧作家、青春偶像派超人气作家，出版有《紫灯区》《秦可卿》《广州，今夜我把爱抛弃》《我嫁入豪门的真实生活》《你们的恶》等多部长篇小说，在文坛广受瞩目和争鸣。我的序言题为《一朵畸形的苦涩的蔷薇》。

2013 年 12 月 29 日

收到师友馈赠，三九严寒，呵冻翻书，能够感受到友情的温度，让这个冬天有了支撑，有了生机。

济南作家张期鹏兄惠赠《桑恒昌怀亲诗选》签名本和《浮光掠影看丹麦》。

南京作家、学者薛冰先生惠赠长篇小说《盛世华年》和书话集《旧家燕子》毛边本，均为签名本。

江苏南通学者、作家钦鸿兄惠赠《范泉纪念集》。

2014 年 2 月 13 日

云南当代文学研究会会长、楚雄州政协副主席马旷源兄惠赠新著两种《腾阳旧事》（云南美术出版社 2013 年 12 月版）、《风篁集》（中国诗书画出版社 2013 年 12 月版），均系毛边签名本。《腾阳旧事》分别有著名作家峻青《致马旷源》和晓雪《马旷源剪影》代序，分三辑，第一辑腾阳旧事，系自传体小说第一部，第二辑主要是读书随笔，其中读《峻青文集》颇为用力，第三辑是序跋随笔。《风篁集》系旧体诗集，其中收入了赠我的一首诗。

2014 年 3 月 1 日

济南作家张期鹏兄惠赠《简味》2014 年创刊号，《山东青年》杂志社主管，书脊标为"跟不大上潮流的杂志"，内刊张期鹏兄《"灶王爷"姓什么》。另赠《山东地税》第一、二期合刊，最后一页重点介绍了张期鹏兄的《莱芜三贤书影录》获得第七届山东省刘勰文艺评论奖，山东省刘勰文艺评论奖是《山东省实施〈国家"十一五"时期文化发展规划纲要〉的意见》（鲁办发〔2007〕7 号）规定的省级文艺奖，是全省文艺评论最高专项奖。

《甘肃邮电报》马智勇兄惠赠 2 月 20 日样报，内刊陕西作家任文兄为拙著所写美评《书香馥郁润心田》。

2014 年 3 月 11 日

赵德发先生惠赠长篇纪实文学《白老虎》签名本，山东文艺出版社 2013 年 12 月初版。《白老虎》副题为《中国大蒜行业内幕揭秘》，题记写道："大蒜，在人们眼里是一种调味品，但那些从事大蒜生产或经营的人，却常常叫它'白老虎'，因为它会吃人。"真是意味深长。著名作家张炜推介说："德发兼具多种笔墨，视野宏阔，深沉运思，既能虚构，又能写实，想像的瑰丽与勘证的严谨在一个作家身上得到了完美的结合。《白老虎》即为纪录与诠释当下热点事件的又一写实力作。"著名评论家李朝全认为"《白老虎》是近年来全面回顾和讲述大蒜事件经过、反映大蒜行业实情、刻画与其相关当事人形象的内容最丰富最生动的一个文学文本……作者深刻的宗教学识、人生修炼，已臻相当高的思想境界。这种境界和思想被他运用来剖析笔下的事件和人物，从而赋予了作品很强的思辨性和哲理性。"该书出版前曾在《啄木鸟》《黄海晨刊》等刊登、连载，引起文学界广泛关注和强烈社会反响，评论界普遍评价"此书对'三农'问题、商业秩序以及世道人心有生动表现和深入思考，是一部难得的警世之作"。

2014 年 3 月 16 日

收到《书香，少年时》，海天出版社 2014 年 2 月初版，孙卫卫著，没有签名，书扉钤"卫卫敬赠"朱文一枚。

桐花万里丹山路，这是李义山的诗句，那种意境真是让人神往。我捧读孙卫卫兄的新著《书香，少年时》，不禁想起了前人的这句诗。这是一本清雅的书，清雅与纯粹是有着异曲同工之妙的，这个商品时代，纯粹的书香气息显得奢侈了，却是这个时代最明丽的意象，也是读书人最唯美的精神寄托。我就是如此来看待孙卫卫兄和他的《书香，少年时》，我惊疑于他的文学开端是如此高雅清纯和那么早期。开卷第一辑《每个人都可以伟大》，信息密度非常大，所写的莫言、贾平凹、金波、张之路、周有光等人，作者虽然谦逊地称为"印象记"，却是个性十足，有着自家的发见和思考。第二辑《有了爱就有了一切》，朴实无华，却细密道出了胡适、巴金、老舍、叶圣陶、孙犁等大家的精神境界。这是作家为《小学生时代》写的专栏，这些文字不仅仅是面对小学师生，面对的其实还有家长，还有每一个拥有爱的人。第三辑是作家的夫子自道，状写自己的读书生活，趣味横生之处，让人分享到《世界上最快乐的事》。其中《中学时喜欢的报刊》，也把我的记忆定格在那遥远的岁月。文中所写的《语文报》，尽管如卫卫兄所说的"纸张发黄，印刷也不好"，但我也还珍藏至今，甚至还保存着几本1980年代的合订本，我的诗歌习作就曾经刊登在上面，蔡智敏先生给我的信也让我一直感动。谢谢卫卫兄的文章，使我捡拾了一个旧梦，重温它的美好。第四辑《就做一个读书人》，可以体味到作家为人为文的良好心态，挚诚宽厚的淳朴形象跃然纸外。第五辑也是专栏文章的集合，是作家在《中国新闻出版报》《南方日报》《大河报》等处的文章精粹，体现出作家"卖文买书"的书生情怀和写作热情，比一般的书话更宽泛，也更生动，是心灵和书香融合的二重奏。

孙卫卫兄长期致力于儿童文学创作，曾获得过第九届全国优秀儿童文学奖，他痴情于书，是超级书虫，藏读写皆丰，是不折不扣的实力派多面手。他的书有一股清新率真之气，像他的人一样散发着亲和力，书和人都耐读，与之亲近，如同喝一杯好茶，情谊氤氲，余味在胸。

2014年3月29日

收到安武林赠书：《旧旧的时光》人民文学出版社、天天出版社2014年3月初版；《月光号列车》清华大学出版社2014年1月初版；《半个月亮飞走了》浙江少儿出版社2012年5月版

在追星的孩子们的心里，安武林是一个真正的明星。他用童心染绿了孩子们的梦，用童趣编织着意象的天空，用童真放飞着爱的思绪。他走到哪里，哪里就充满了笑声，充满了智慧的阳光。

安武林有多副笔墨，小说、散文、诗歌、童话、寓言，儿童的，成人的，样样出色。他的作品获得过全国优秀儿童文学奖、张天翼童话金奖、冰心儿童图书奖等，他的小说《昨夜星辰》选入《中国新文学大系》第五辑，成为一个时代的文学经典而传之后世，各类著作还纷纷被译介到美国、越南、新加坡等国，深受不同肤色的读者欢迎，充分说明好作品是没有国界线的。这也说明安武林先生接地气，凝聚正能量，有着独特的文学气息。你得承认，好作品其实都是有气息的，莫言是高粱地里的魔幻气息，张炜是葡萄园里的写意气息，贾平凹是废都里的秦腔气息，孙犁是荷花淀里的水乡气息。安武林的气息则是混杂的，又是明晰的，他的幽默睿智，他的清新纯净，他的憨厚朴实，都带着新鲜的晨露的气息，那是来自泥土、花草和阳光融合的气息，温馨、舒缓、悠远，有着翠鸟的婉转，垂柳的秀润，春涧的明快，那股气息是沁人心脾的，是润物无声的，是余音袅袅的。

安武林的气息，来自他的作品。他的作品弥漫着童趣，他的儿童情结在字里行间清澈见底，一览无余。安武林极富口才，经常受邀讲学，所到之处，在童心的包围圈里，他享受着惬意和无邪。他陶醉在没有雾霾的心宇，分享着文学带来的一片芬芳。他把自己的作品朗读给幼小的心灵，倾听着幼苗的拔节声，他自己也被感动着，与小伙伴们一起剪影出五彩缤纷的春天。

安武林不断刷新着自己的写作记录，一本本新书像翩翩的鸟翅，带着春光一起飞来。这次他到淄博的学校，就带来了《旧旧的时光》和五卷本的《月光号列车》。前者是散文集，承载着一个炸麻花的小男生旧日的情怀，梳理着乌云大叔追忆似水年华的万千思绪。不用说，那些带着浪漫的有一点淡淡成长忧伤的故事，一定也会牵动小读者的心扉。这本书也可以当作好看的小说来读，情节是次要的，关键是那份牵挂，那份痴情岁月的恋想，还有那份真纯，那份无瑕的感动，岁月里有这样一段时光，如同幸福就在身边，尽可品味美好的回忆。不要小看这些花花绿绿的纸片，折叠起这些旧旧的时光，童年的记忆才会完整无缺，才会楚楚动人，才会酸酸甜甜，成为生命的底色，成为定格的永恒，成为耳边抹不掉的声音。

后者是五本诗集，很佩服清华大学出版社的胆识和眼光，一下推出五本彩色插图本儿童诗集，在同行业间堪为大手笔。儿童文学的文学品质，就是要有纯美的诗情，独特的审美视角建构起生命的原色，儿童诗就有了厚重的质地。安武林的这些诗，张扬着鲜明的诗美特性，分别以雪白色的、杏黄色的、玫瑰色的、天蓝色的、翠绿色的梦的意境筑造诗歌的王国，诗人眼里的事物如同伊甸园那样唯美，那些单纯而善良的元素都含情脉脉，诗人多情多思，他笔下犹如灵动的琴键，纷飞的的音符交织成一幅儿童世界里的清明上河图。有些诗句即使成年读者，也会被感染，诗歌在这里是不分年龄的："月光轻轻一吻／你就盛开了／／在无人的夜里／星光灿烂／在寂静的远方／是烟蒂的微光闪闪／／一只小鸟在飞翔／暗夜的气流轻颤／蝴蝶的翅膀一张一合／舞成两个字：思念。"（《昙花》）安武林先生写了不少这样轻盈恬静的小诗，他的诗情是跃动的，写变幻的景色，写可爱的动物，写淘气的孩子，写大自然的一切，安武林的儿童诗蔚然大观，活泼中有一片超然气象，迤逦中透视出广阔的心灵视野。

保持一颗童心，这是对儿童文学写作者的鉴定；拥有一份童趣，这是对儿童文学自身魅力的审视；呵护一种童真，这是对儿童文学的精神发扬。安武林以主要精力投入儿童文学创作与传播，他是这片园地的守望者和耕耘者，他已经做到童心未泯、童趣荡漾、童真永葆，他是一个长不大的孩子。他也创作了大量不可小视的成人文学，他的游刃有余，更加有力地佐证着他的童心是多么宽广，他的童趣是多么神奇，他的童真是多么淳朴。

2014 年 4 月 6 日

清明，这是春节过后第一个小长假，天朗气清，草长莺飞，即使不人满为患去踏青，就宅在家里纸上游，其实也挺自在。说起来，假日消闲，捧读一本心爱的小书，即使没有热茶相伴，也是很惬意的。假日要的是自由轻松的情调，要的就是那种慵懒无骨的味道，有时候读书的氛围虽然有了，还要有与之相适的好书。好书的标准不一，基本的底线是能够读下去，错别字尽量少，不要误导读者。现如今好书愈来愈少，读者总是处于被动中。有的书内容还真不错，但内部的硬伤让你如鲠在喉，仿佛见到心仪的美女，猛然发现她粗俗的软肋，那是很败胃口的。好书也有硬伤，像美女也长雀斑，这都可以理解，怕的是理论观点出差错，筋骨断了，叫人怎么读！

2014 年 4 月 9 日

济南潜庐主人徐明祥兄写诗以赠，感其真诚，欣喜莫名，特作打油，亦算唱和：潜庐赠诗义侠肠，才学敏思奇辞章。落花时节感不禁，葩经比兴自芬芳。

2014 年 4 月 13 日

北京作家安武林兄快递寄来曹文轩先生《红瓦》《黑瓦》韩文版签名本，这是几年前见到曹文轩先生时交谈中答应的事，曹先生知道我有张炜老师的外文版著作，所以主动提出赠我外文版，时间过去很久了，简直等不及啦，就麻烦安武林先生催促提醒一下，安兄是豪侠之人，推杯换盏之际就包揽下来。安兄向来事务繁忙，有些时候那嘱咐就是风过耳，这次安兄甚解我意，行动果然迅速很到位，玉成雅事，功莫大焉！好书闻香，如浮一大白也。

2014 年 4 月 19 日

收到 4 月 17 日的《吉林日报》大众读书版，刊发拙作《桐花万里书香路——说说〈书香，少年时〉》。

前几天整理书架，无意中把马尔克斯《霍乱时期的爱情》找出重读，弗洛伦蒂诺·阿里萨"在五十三年七个月零十一天以来的日日夜夜"，所一直准备好"一生一世"的爱的宣言，依旧令人荡气回肠。但意想不到的是：一代文学大师竟然于 17 日下午驾鹤西游。这是否是冥冥中的送别方式？没有大师的世界文学又将陷入一百年的孤寂了。送别心中伟大的导师，我特意找出舍间收藏的三种版本的《百年孤独》，心香一瓣，遥寄河汉，祝祷大师一路走好！

《百年孤独》的三个版本是：南海出版公司 2011 年 6 月版，范晔译。台湾远景出版公司 1982 年版，陈映真主编《诺贝尔文学奖全集》第五十一卷，宋碧云翻译，书名《一百年的孤寂》。浙江文艺出版社 1991 年 12 月版，黄锦炎、沈国正、陈泉翻译。

2014 年 5 月 3 日

收到诗人梦璇组稿 4 月 24 日《鲁中晨报》专版，刊发拙作旧文《朝觐与怀古》。

收到夏春锦主编《桐溪书声》，海豚出版社 2014 年 4 月版。假期三日，枕边连日漫读的，就是这本，日夜浸染在书香里，那情味和心境真如温庭筠的诗句所表述的："溪水无情似有情，入山三日得同行。岭头便是分头处，惜别潺湲一夜声。"我很向往这样的诗意，书味盈怀，真有些分不清是溪声还是书声了。

我的一组小文章《书叶散跋》收录书中。

2014年6月1日

收到《时代文学》2014年4月（上）样刊，拙作短篇小说《挡车女工》上了封面目录提要。

收到吉林诗人葛筱强兄寄来《吉林诗聚》2014年第一期样刊，内刊拙作小诗《画海》并附有编辑点评。

收到《少海》2014年第一期样刊，内刊拙作《峻青，书剑峥嵘写风流》。

收到《财经新报》，端午诗会专版发诗一首《夏天的色彩》。

2014年6月19日

济南张期鹏寄赠刘玉堂《戏里戏外》签名本，山东大学出版社2014年4月版。

长沙吴昕孺寄赠小说集《天堂的纳税人》签名本，敦煌文艺出版社2013年9月版。

南京毛乐耕寄赠随笔集《翻书小语》签名本，线装书局2014年1月版，内收写我的一篇《芳华阅尽羡袁滨》。

陕西胡忠伟寄赠读书随笔集《迷恋纸月亮》，团结出版社2013年12月版。

2014年7月30日

收到《时代文学》2014年6期（上半月），发随笔《站在2014甲板上》。

苏州祝兆平寄赠《书斋夜读》，上海科学技术文献出版社2014年4月版。

陕西吕浩寄赠《拥书独自眠》毛边本，金城出版社 2014 年 8 月版。

济南王展寄赠所编《诗心般礴·当代诗人墨迹手札集》，线装书局 2014 年 4 月版。

2014 年 8 月 4 日

7 月 27 日下午，任教于潍坊学院的王万顺博士与《鲁中晨报·齐周刊》主编于魁兄酒后到盈水轩观书琐话，其乐融融。特转王万顺兄博文：

袁滨先生盈水轩，位于周村古大街东邻，繁华的市朝之气褪去，积淀下了深厚的传统文化。虽然拜访的计划酝酿了很久，但这次纯粹是心血来潮、搞突然袭击，没想到立刻征得同意，便约了报社老同事魁哥，驱车乘兴赴之。中午赶饭点，正好蹭上饭局，完后受邀到袁老师家里观赏藏书。博主浅薄，对于藏书艺术实乃门外汉一枚，用"观赏"一词，如同看山水风景，只看表面，难得佳处。不过还是获益匪浅，特别是袁老师关于"张炜"和"签名本"的专题藏书，给人留下了深刻印象。对于张炜的藏书，个人感觉特点有三：一是全，搜罗版本较多，除一两本遗珠，难以复见，以及海外版本不足以外，国内版本能收的基本上都收齐了，特别是全十本的皇皇巨著《你在高原》，版本达七八种之多（包括编号本、插图本、收藏版、纪念版、不同出版社的，这得花多少银子！），而张炜最有影响的第一部长篇小说《古船》则有二十多种。二是新，藏书整体品相上乘，原因在于主人有心，不断以旧换新，加之悉心呵护，防晒防尘防潮防乱摸，保存完好，整洁怡人。三是得张炜亲手赠书，一些海外版本、私印版本、签名本"镇楼"，锦上添花，这不是一般人能够办到的。作为研究张炜的一分子，与之相比，在这三个方面俺自愧弗如，虽也有小成。国内收藏张炜的不仅他一人，由于各种原因不能一一查访，但据俺估计，总体来说，袁老师的张炜藏书从数量上看当遥遥领先，从特色上看自成一家。难怪张炜本人听闻后多次跟我提起，这次我也算是慕名而往了。另外，袁老师专注于收藏当代文学作家作品，在一些老牌文学杂志订阅保藏方面亦持之以恒，几十年如一日，甚至有的刊物都停刊了，令人敬佩，可见他怀有一颗挚诚的文心。他那一架架的宝贵藏书就是见证。

2014 年 11 月 17 日

天津著名作家、民俗专家由国庆兄惠赠新著《民国广告与民国名人》签名本，山东画报出版社 2014 年 9 月版，王稼句兄序。国庆兄附赠崔文川兄特别设计的纪念藏书票一枚，典雅温润，秀色可餐，趣味盎然。

2014 年 11 月 20 日

收到《古船》英文版，此系张期鹏兄夏日旅美所购，归国后特请张炜签名题款惠赠之。

收到张炜创作 40 周年系列活动邀请函。

2014 年 11 月 24 日

11 月 21 日至 23 日，应邀去济南参加著名作家、省作协主席张炜先生《张炜文集》（精装 48 卷）首发式、研讨会和张炜作品版本手稿展，活动于 22 日正式在山东省档案馆举行，午餐后到会 29 位专家全部受赠精装文集一套，即联系顺丰快递发送到家。

23 日上午，张炜携其新作《也说李白与杜甫》在济南泉城路新华书店举办媒体见面会和对话互动暨签售会，我作为代表在现场发言。同时，"民间收藏张炜著作版本手稿展"也在泉城路新华书店二楼"三希堂"举行，展出我和张期鹏兄收藏的近 500 种张炜著作版本及部分手稿。中华书局总经理徐俊先生在张炜等陪同下兴致勃勃进行了观赏并参加了媒体见面会和新书发布会。

会议间隙专程拜访了老作家《闪闪的红星》作者李心田先生。

2014 年 11 月 25 日

在济南获得的部分签名本赠书：①房伟兄赠《王小波传》；②赵晓晨兄赠《合称集萃》；③郭伟兄赠《秋缘墨彩》；④王展兄赠《洣源》。

2014 年 12 月 3 日

南开大学教授来新夏先生的夫人焦静宜老师寄来《问津》杂志 2014 年第 9、10 期，此两期杂志为纪念来新夏先生专辑，内有我的《深切怀念来新夏先生》一文，追忆我与先生的交往和当年赴天津为先生祝寿情景，恍如昨日，不胜唏嘘。来先生为我的题字也倍感珍贵啊！

2014 年 12 月 8 日

赵德发先生寄赠《写作是一种修行——赵德发访谈录》，安徽文艺出版社 2014 年 10 月版。

画家邹起奎先生签名赠送《邹起奎画集》，此书限量发行一千册，中央文献出版社与天津人民美术出版社联袂出版。

2014 年 12 月 23 日

午后的阳光真暖，感受到一袭冬天里的春意。接到苏州学者王稼句兄惠贶新版《姑苏食话》签名本，山东画报 2014 年 10 月版。比起苏州大学的初版本，增加了十四万字，已经很可观很厚实了。这些文字颇为适合负暄闲读，手边的茶淡去，也就可以掩卷了。

2014 年 12 月 23 日

收到南京董宁文兄寄来《开卷》第 11、12 期，一年恍然即逝，这是最好的新年礼物了。遂吟小诗以抒怀者也：新年在望喜开卷，三阳开泰续佳篇。问津传承畅清趣，嫏嬛香飘动地天。

2014 年 12 月 31 日

2014 年最后一天，收到鲁宝公司赠送的书画台历，收到北京谭宗远兄寄来今年最后一期《芳草地》，收到河南濮阳王金魁兄寄来《书简》总第 24 期并王兄编著的《尺牍清吟》一册。2014 白驹过隙，2015 紫气东来！

2015 年 1 月 12 日

周一上班收到《初中生》杂志主编吴昕孺兄惠赠大著《文坛边上》签名本，系"本色文丛"之一种，海天出版社 2014 年 11 月版，书中有数处笔墨写到我，倍感亲切，如同觐面。

收到青岛作家贺玉波兄寄赠的《路遥传》，一代文豪，事迹感人，可惜家庭不和，酿成苦酒，星光背后，凄迷朦胧，令人唏嘘不已。

2015 年 1 月 13 日

收到王展兄惠赠《徐志摩与济南》毛边签名本并《砚田观照》《鹊华》杂志总第三期。另有《徐志摩与济南》藏书票一枚，甚精美。《徐志摩与济南》是研究和了解徐志摩不可不读的佳作，资料翔实，视角新颖，融学术解析与新发现于一体，勾勒出一幅清音袅袅的文人画像，一个神秘生动的徐志摩栩栩跃然纸上。线装书局 2014 年 11 月版。

2015 年 1 月 18 日

经过一段时间的运筹，1 月 17 日，在青岛书城举办"张炜手稿版本展"启动仪式及媒体见面会。这次展览共展出我和张期鹏兄收藏的张炜先生手稿、版本 166 件，展期两个月，1 月 17 日——3 月 17 日。山东省作家协会、青岛市委宣传部、青岛市文联、青岛市作协、青岛当代文学研究会、青岛评论家协会、青岛大学、中国海洋大学、济南作协、青岛新华书店以及来自大众报业集团、青岛电视台、青岛日报社、半岛都市报等 20 余家媒体共 50 多人参加了启动仪式和媒体见面会。山东省作协副主席许晨、青岛市委宣传部文艺处处长李信阳，青岛市作协副主席、《青岛文学》主编韩嘉川等进行了精彩发言，青岛晚报等记者进行了现场提问，我和张期鹏也在会上进行了发言，介绍了有关收藏和读书的情况。张炜先生因在外讲学没有参加活动，但他特意打来电话，转告大家说：北京的专家认为这样的展览在全国是首次。张炜主席对活动表示满意。

活动期间收到：山东省作协副主席许晨签赠新作《琴声如诉》。青岛作协副主席、《青岛文学》主编韩嘉川先生在青岛书城购买两册《美丽青岛》（散文选·当代卷）赠送我和张期鹏。期鹏兄购买《青岛 50 座老建筑》题跋赠我，以纪念这次岛城手稿版本展的成功，情意在焉。西安作家吕浩兄惠赠《待雨轩读书记》签名毛边本，摩挲把玩，快意顿生。岛城之行另得作家臧杰签名本两种：《民国美术先锋》《天下良友》，古色生香，余韵袅袅，窃喜不已。

17 日活动后，与许晨、阿占等午餐。阿占是好瓷，蓝调的语境其实最能彰显她良好的温度和质地。内涵深处的雅，有着青花瓷婉约的韵。借着酒意闲逛良友书吧，对阿占的文与画一见倾心。把买下的书让她签名，阿占大方，竟又惠赆《一打风花雪月》，一掬岁月在瓷上流淌，这是阿占才情的又一次怒放。阿占不寂寞，她用笔墨舞蹈，居然到淄博画瓶，这可是瓷都地标啊，怎一个才字了得！意犹未尽，口占打油，正是：阿占自天趣，婀娜压芳姿。生香有活色，倾城谁不知。

附录两个媒体报道：

作家张炜手稿作品版本展在青岛书城举行

1 月 17 日上午，著名作家张炜手稿、作品版本展在青岛书城举行。

本次展览是由济南藏书家张期鹏、淄博藏书家袁滨提供,展出版本168种,将展至3月17日。张期鹏说,一个藏书家本质上还是一个读书人,收藏更是为了阅读,在阅读中体会一个作家的思想和情感,在阅读中走进一个作家的文学世界和精神世界。袁滨则表示,收藏的过程对自己来说是一种幸福,对别人也是一种乐趣。

喜欢张炜30年 张期鹏常常自称"苇粉"

张期鹏是中国散文学会会员,山东省作家协会会员,著有《啊,莱芜……》《做个真正的读书人》《莱芜现代三贤书影录》等,现居济南。正像一千个读者眼中有一千个哈姆雷特一样,一千个读者眼中也有一千个张炜。作为一个读者,一个张炜著作版本的收藏者,张期鹏认为,张炜是当今最具创作活力和最有定力的作家。说他最具创作活力,有其19部长篇小说、20部散文随笔集为证,更有其48卷本《张炜文集》、1500余万字的创作数量为证。说他最有定力,张期鹏认为,张炜在40多年的创作实践中,始终坚持从一个作家的内心出发,始终坚持文学的诗性和人性,"他的所有作品都焕发着理想主义的光彩,展示了文学艺术的巨大魅力。他的作品纯粹,是当今纯文学和严肃文学的一个重要标志"。

张期鹏从上世纪80年初开始接触文学作品时就喜欢上了张炜,一直是张炜的忠实读者,常常自称"苇粉""苇是芦苇的苇。因为张炜是从芦青河出发的作家,芦青河是他的心灵栖地和精神家园。在我想象的世界里,这条河的两岸应该长满了成片成片的芦苇,春夏绿意婆娑,秋冬一片洁白,逶迤绵延,壮阔多姿,这是一条充满诗意的河。

后来,因为热衷买书、藏书、读书、写作,家中藏书越来越多,张炜的各种著作版本也越来越多，累积到今天，已经有400多种。张期鹏告诉记者："在我的藏书中，开辟了'张炜专题'，不光收藏他的著作版本，也收藏关于他的评论、资料、报道，以及所有与他有关的东西。如果将来有个合适的机会，将这些藏品捐赠给某所大学或某个图书馆，该是一件多么有意义、有意思的事情啊！"

藏书有意义 对自己是幸福对别人是乐趣

袁滨是淄博市青年作家协会副主席，著有《窗子与风》《草云集》《盈水集》等，现居周村。他认为，张炜是当代文学的一面旗帜，更是山东文坛的榜样，"我从中学的时候就非常喜欢张炜的著作，基本上看到一种收藏一种，目前收藏了486种，其中《古船》30多种，收藏过程中也有困惑，就是海外版本难以搜求，但这也只能讲究缘分"。

袁滨认为，藏书是一种生活方式，"藏书就是我的乐趣。"张炜还送给我一本市面上见不到的小册子，是他的诗。甚至还有一些版本，连张炜自己都没有。这个过程对自己来说是一种幸福，对别人何尝不是一种乐趣呢！

张期鹏认为，一个藏书家本质上还是一个读书人，收藏的目的是聚集，集腋成裘，聚沙成塔，并使之传之后世；更是为了阅读，在阅读中体会一个作家的思想和情感，在阅读中走进一个作家的文学世界和精神世界，感受文学艺术的恒久魅力。张期鹏说，目前来说，中国人的阅读量在世界上还算比较少的，那种"诗书传家远，耕读继世长"的优秀传统似乎淡薄了。所以，现在要提倡阅读。但这种提倡，单靠外力推动是很难奏效的，还得激发人们读书的内在兴趣，"我以为激发兴趣的一个重要途径，就是想方设法让人们多进书店，多买书，多藏书。买书、藏书的氛围形成了，几天不去书店看看就觉得有种失落感，家里没有一定数量的藏书就觉得没有品位，读书的氛围也就慢慢形成了。这需要一个过程，但只要努力，总有效果"。

有示范作用 尤凤伟等青岛作家也可举办

在山东省作家协会副主席许晨看来 ，张炜有三多，"一是多产，他的作品有长篇小说《古船》《九月寓言》《外省书》《远河远山》及《你在高原》等19部；散文《张炜散文随笔年编》等20部；文论《精神的背景》《当代文学的精神走向》《午夜来獾》；诗《松林》《归旅记》；等等。2014年又出版48卷《张炜文集》。别人以为他有那么繁重的行政工作，哪来的时间写作？一是他几乎每天都要读书，每年每月都要挤出时间安静地读书，在龙口有个万松浦书院，行政工作告一段落后他就躲在那里读书写作。二是多领域，长篇小说、中篇小说、短篇小说、散文、随笔、评论、诗歌都有涉猎。三是多版本作家，也就是今天的主题，现已出版各种版本500余部，含海外版本40余部。"

青岛市文联副主席周海波三十年前还在北京上学的时候，就写过一篇关于张炜的评论。他认为，张炜是一个文学理想的追求者，他对文学的热爱、对唯美的追求是非常少见的。他的作品中带着浓重的胶东语言风格，把对生命的感受用细腻的文字表现出来，这种对文字的执着是非常了不起的。

青岛市作协副主席韩嘉川则认为，张炜手稿、作品版本展在青岛举行意义重大，"有了张炜的版本展，那么，青岛一些优秀的作家，像尤凤伟、耿林莽、纪宇等也出了很多书，今后也可以借助书城这个平台，把各种版本展示给大家"。

原载《半岛都市报》2015 年 1 月 18 日

文 / 记者 刘礼智 图 / 记者 何毅

山东著名作家张炜手稿展在青岛书城举行

1 月 17 日，山东文学的领军人物、茅盾文学奖获得者张炜的手稿展在青岛书城举行。本次展览由济南藏书家张期鹏、袁滨提供，为岛城市民带来了一场与纯文学作品"亲密接触"的机会，是一次难得的文化体验。

一个"苇粉"的自述 张炜诗意的创作

张期鹏是山东省作家协会会员，藏书人，并著有《啊，莱芜……》《做个真正的读书人》等作品，他说："一个藏书家本质上还是一个读书人，收藏更是为了阅读。"上个世纪 80 年代，他接触并喜欢上了张炜的作品，他说："张炜是从芦青河出发的作家，芦青河是他的心灵栖地和精神家园。"他自称"苇粉"，说到自己最钦佩张炜的，那就是："我觉得张炜是用在写诗的方法去写长篇小说，他的所有作品都焕发着理想主义的光彩。"

分享藏书人背后的故事 用书搭起珍贵缘分

袁滨是淄博市青年作家协会副主席，著有作品《盈水集》等，他对藏书也有着自己的看法："收藏的过程对自己来说是一种幸福，对别人也是一种乐趣。"他从中学时就非常喜欢张炜的作品："基本上看到一种收藏一种，目前收藏了 486 种，其中《古船》30 多种。"对他而言，收藏书籍，并不求所谓的经济价值："藏书就是我的乐趣。张炜还送给我一本市面上见不到的小册子，是他的诗。甚至还有一些版本，连张炜自己都没有。这个过程对自己来说是一种幸福，对别人何尝不是一种乐趣呢！"

在这个过程中，他也感谢一些其他爱书人的帮助："收藏过程中也有困惑，就是海外版本难以搜求，比如上次张期鹏老师去美国探亲，就把很难找的版本送给了我。"

张期鹏认为，藏书家收藏书籍，但更多的是让书籍回到他们该去的地方，比如像袁滨这样的收藏者，还有图书馆、档案馆这些机构。他说："我这里更多的是像一个中转站，把书分享给那些爱它的人。"

希望文化活动落户岛城 这里有许多爱书人

据了解，本次展览将持续到 3 月 17 号，共展出版本 168 种，并且举办了 100 本张炜亲笔签名新书《也说李白与杜甫》的赠送活动，市民只需购买两本张炜的其他作品，即可获得签名新书。

韩嘉川则认为，张炜手稿、作品版本展在青岛举行意义重大。"青岛有许多爱书人，读书人，青岛一些优秀的作家今后也可以借助书城这个平台，把各种版本展示给大家。"

（2015 年 1 月 18 日青岛网络广播电视台记者薛睿）

2015 年 3 月 19 日

《联合日报》刊登作家阿占《藏书是一种生活方式》：

走进新年的青岛书城，春风扑面，诗意盎然。张期鹏和袁滨坐在媒体席的对面，低调，甚至不显眼。他们的身后是一条醒目的横幅，红底白字，"民间收藏张炜手稿、版本展启动仪式"。

这两位分别来自济南和淄博的民间藏书家，发际线刚刚退到中年的位置，张略显喜庆，袁满脸持重。我坐在媒体席，打量着，揣度着，一半敬重，一半好奇——敬重，是对于文学敬重者的敬重。山东省作协主席、"文学鲁军"代表人物张炜创造的精神财富，他们使用了灵魂的臣服，他们也使用了姿态的追寻，凭己之力，多年多版本收藏，传递、分享、捐赠，让精神财富具备了更宽广的公共属性和社会意义。

张期鹏说，一个藏书家本质上是个读书人，收藏更是为了阅读，在阅读中体会一个作家的思想和情感，在阅读中走进一个作家的文学世界和精神世界。袁滨说，收藏的过程，对自己来说是一种幸福，对别人也是一种乐趣。

"张炜是当今最具创作活力和最有定力的作家。说他最具创作活力，有 19 部长篇小说、20 部散文随笔集站在身后，更有 48 卷本《张炜文集》、1500 余万字的创作数量为证。说他最有定力，张炜在 40 多年的创作实践中，始终坚守内心的出发，坚守文学的诗性和人性，所有作品都焕发着理想主义的光彩，展示了文学艺术的巨大魅力"。三十年前，张期鹏初触文学作品，就喜欢上了张炜，常常自称"苇粉"——苇，芦苇的苇。张炜是从芦青河出发的作家，那里是他的心灵栖地和精神家园。按照张期鹏的想象，这条河的两岸应该长满了成片成片的芦苇，四季婆娑，逶迤绵延。"这是一条充满诗意的河。"他笃信。因为热衷买书、藏书、读书、写作，家中藏书越来越多，张炜的各种著作版本也越来越多，累积到今天，已经有 400 多种。"在我的藏书中，开辟了'张炜专题'，不光收藏他的著作版本，也收藏关于他的评论、资料、报道，以及所有与他有关的东西。如果将来有个合适的机会，将这些藏品捐赠给某所大学或某个图书馆，该是一件多么有意义、有意思的事情啊！"

袁滨是淄博市青年作家协会副主席，著有《窗子与风》、《草云集》、

《盈水集》等。"藏书是一种生活方式，我从中学就非常喜欢张炜著作，基本上看到一种收藏一种，目前收藏了 486 种，其中《古船》30 多种，甚至我收藏的一些版本，连张炜自己都没有。收藏过程中也有困惑，就是海外版本难以搜求，但这也只能讲究缘分。张炜还送给我一本市面上见不到的小册子，是他的诗……"

收藏张炜作品，等于收藏着中国文坛的一个奇迹，也等于对阅读缺失发起了一个挑战。收藏是为了聚集，集腋成裘，聚沙成塔，并传承后世，重启阅读的高贵——当下的中国人，除了苛责儿女好好读书，考上一个好大学之外，又有几人习惯捧读一本书？"诗书传家远，耕读继世长"，是消失的画卷，民族的悲哀。以至每被人们提及的"桌面"，不再指向那个堆满笔筒、书籍、茶杯的宽大书桌，而是电脑桌面。对于离开输入法就不会写汉字的中国新一代，在他们的背包中早已没有纸和笔，只有大大小小的屏幕，他们只负责翘起兰花指，频密而轻浮地触屏。他们不知道，人类对反射光的接受是亿万年形成的。阅读纸质书时，反射光会很自然地进入人体感知系统，电子书的直射光却做不到，人体会有本能的躲闪和避让，亲近感发生了变化。他们更不会理解，那些颇有渊源的书，代代旧主的气息从书中散发出来，看着它们在不同的人手中辗转流浪，跨越时间空间最终落到自己的书柜里，这种富足在藏书家心里可以抵上一座城池。

幸运的是，还有"做个真正的读书人"的张期鹏和袁滨。他们带来了张炜先生的手稿、版本 166 件，在青岛书城一楼辟专区展出，用两个月的时间与青岛读者进行心灵对接、灵魂对话——这在全国也是少有的，青岛读者真是有福了。

张炜的作品和手稿摆在玻璃柜里面，对于有精神信仰的人来说，那里散发着比钻石更夺目的华彩。我第一次看见了张炜的手稿，书写在绿格子纸上，字体敦厚方圆，舒朗清新，仅仅一个措辞也会带来多次的修改……赏析再三，我想起美国著名汉学家葛浩文所说，"在西方，张炜一直是个谜一样的人物。"我想起著名作家王蒙的评价："他是一位充满深情和深挚的忧患感的书写者，他始终以理想主义的诗情而高歌低咏"。那一瞬间，我感受到了他在纸上行走的温度……

2015 年 1 月 28 日

夜晚整理旧藏，看到几种熟悉的电影文学刊物，都是 1970～1980 年代的创刊号，有的已经停刊了，弥足珍贵，这些折叠的时光，让我感受到青春的气息和文学的温度，还有对逝水年华的追忆与眷念……

2015 年 2 月 2 日

淘书之乐，在于清赏。茶余饭后，雅玩几册，实在是难得的享受。曹靖华的《飞花集》等书，都很有意味，就像这些"花"的绽放，确乎让人感受到一种"春城无处不飞花"的意境。尤其是插画，现在的书刊，已经很是稀见了。

2015 年 2 月 13 日

《书话点将录》是武汉作家王成玉先生撰写的一部专著，按照《水浒传》英雄排名榜，写了全国 108 位书话人物，包括周作人、鲁迅、孙犁、巴金、郁达夫等，王先生把我命名为：地镇星小遮拦穆春，位列水浒英雄榜第八十位 。

书话点将录：地镇星小遮拦穆春—— 袁滨

读书界藏龙卧虎者多矣，山东周村的袁滨先生乃其高手之一，他的"盈水轩"在读书人中享有很高的声誉。其书话随笔《草云集》和《盈水集》，淡泊宁静，远离俗尘。盈盈一水，澄明照人。诗文境界，古风犹存。齐鲁乃孔孟之乡，泰山为五岳之首，多豪杰伟岸之士也。

一向高标独举的止庵先生在本书序中说："我所谓的'好书'，无非是值得一读而已。因为要读过才知道，那么就是不悔一读。要而言之，内容上求一'新'字，道理上求一'通'字，文字上求一'达'字。无拘历史、传记、哲学、随笔，均如是。炒冷饭，不讲理，文不从字不顺，恕我敬谢不敏。……这里说的'好书'，大概接近于'经典'，不过需要略作解释，第一，经典很多，虽然值得读，就个人而言，却未必需要读。读与不读，还看自家口味。第二，说到'经典'既指一类书，也指一种眼光，一本书成为经典，有待时间考验，我们却无须坐等，有这种眼光鉴别就行。"在这个意义上，袁滨的书，虽然不是"经典"，但至少是一本好书，一本益人心智的好书。

他在《残笺断章》中说："一切的书人书事，所有的轻松、恬淡、自然的书的话题，都可归为书话的范畴，书话拒绝正襟危坐的说教，不欢迎故弄玄虚的评论，更应该远离喧闹的市场炒作，我心目中的书话，是纯净的，典雅的，也是知识的，温和的。写书话需要一种透明的心态，一种执著于书的情愫，如同面对知心朋友，有一种急切想表达的淋漓快感……"

成玉曰：虽然与袁滨先生相识恨晚，但承他厚爱，得大著数种。他说小书供我一哂，其实我是受益非浅。书话是一种很纯净很高贵很有趣味的文体，今读其书，越来越相信这种文体，非读书种子莫办也。

诗云：盈盈一水读书轩，远离浊世自求闲。笔写当代多情趣，管它经典不经典。

2015 年 3 月 25 日

北京作家孙卫卫兄惠贶《喜欢书一编》毛边本，江西高校出版社

2015 年 1 月版,系《喜欢书》的修订升级版。遂打油曰:书色醉人,秀色可餐,眼色迷离,情色缱绻,翘首二编,悦读双全,歌以咏之,不亦快焉!

2015 年 4 月 7 日

北京作家谭宗远兄惠寄主编的《芳草地》今年第一期。

天津学者、《今晚报》王振良兄惠贶《开卷》《问津》各四期。遂口占打油,聊以致意:开卷十五吐芳华,卉木萋萋绿万家。风月古趣畅真情,娜嬛暗香传天涯。子聪丹心润苗圃,园丁妙手育奇葩。更喜问津布德泽,春满征程再出发。

2015 年 4 月 7 日

收《赵执信全集》,系赵执信纪念馆整理文献,口占一题:一代乡贤,不负华年。长生殿案,怅惘叹惋。神韵争鸣,过眼云烟。秋谷诗篇,万载相传。

2015 年 4 月 20 日

4 月 19 日,春雨潇潇,干旱的齐鲁大地迎来久违的甘霖。文学的春雨也在此时降临,让人呼吸到清新和舒爽。著名作家、山东省作协主席张炜老师读书座谈会,如约盛开,播撒书香甘露。我有幸参加,冒雨赴泉城济南,留下了一串彩色的记忆。

2015 年 4 月 29 日

济南作家张期鹏兄惠寄《山东文艺评论》杂志第 6 期,上面刊登了我在"张炜创作 40 年研讨会"上的书面发言。

2015 年 5 月 17 日

与中国艺术研究院副院长、画家刘万鸣等一起在荣宝斋参加"锦瑟素年——赵锦龙中国画展"。赵锦龙系中国美协会员、淄博美协副主席,自上世纪九十年代以来以多种绘画语言及多变的艺术面貌昭示于世，本次画展展出的80余幅作品，气象万千，不落俗套，再现了艺术人物与都市生活的魅力，寄托着画家在人文环境中反衬都市文明的追求和情怀，融汇着画家对都市家园、生态人物、生活情状、人文形态的感悟与思考，他笔下生动细腻的人物群像，对古典风物的追忆和怀旧，造像生动，清新自然，既显示了画家对传统笔墨程式的消解，也发挥出艺术作为神秘感知的气息，同时建立起属于自己艺术精神的表现形式和审美取向，具有高端艺术鉴赏水平和视觉冲击力。

2015年5月24日

①北京作家孙卫卫兄惠寄新著《推开儿童文学之门》，海豚出版社2015年4月版。卫卫兄是完美主义者，甚至连书的塑封也没撕去，所以这书没有签名，实在遗憾。这是一本阳光，明朗，清纯的书，一如既往的美好。曹老师说，女人是水做的骨肉。我说，卫卫兄是文字做的骨肉，每一个细胞都洋溢着文字的气息。文字是他的血液，血脉贯通，才情飞扬。乘兴打油几句：秀出秦岭笔一枝，觥觥侠骨人如诗。少年文章已天成，推门迎风展旌旗。②旅游卫视叶叶惠赠著名作家王跃文签名本《龙票》，叶叶写得一手好诗，旖旎曼妙，性情人也。③天津由国庆兄惠赠《故纸温暖：老天津的广告》签名本。

2015年5月26日

中央民族大学博士后王万顺兄参加张炜老师主持的万松浦春季讲坛，特意请参加活动的《伤痕》作者卢新华先生签赠长篇小说《伤魂》，王兄乘夜色专程送来，还捎来一本张炜老师的签名本送朋友，甚感。

2015年5月27日

应邀为王衡、孙小惠新婚撰嵌名喜联，书法家李军先生书法。内容为：衡汉启瑞常比翼，惠声合巹共连理。①衡汉：衡，北斗。汉，天河。指天宇。②惠声：仁声，美誉。

2015年6月19日

青岛新锐作家宋芳华惠赠长篇小说《美人有约》，口占一题，以为贺也：暗香浮动满枝桠，三春白雪吐芳华。滩头看云听潮落，齐烟点点看飞霞。

2015年6月21日

开心假日，轻松悦读。菡萏承露，粲然可喜。①接奉张炜老师最新长篇小说《寻找鱼王》插图本，爽目至极。②南京董宁文兄快递《开卷十五年精选》一套五卷六种，附赠《纸香墨润》学人墨迹，尤为可观。

2015年6月30日

画家赵波兄微我作油画肖像，夜深寂寂，拟古词二首以为申谢。

《调笑令》：肖像，肖像。映照个人沧桑。也曾激情飞扬，还似当年春光。可惜，可惜，唯有清辉明亮。

《梦游仙》：锦瑟弦，荷香风景谙。诗书清韵思华年，流连尺幅夜无眠，谁持金彩练。

2015年7月14日

收到贾平凹先生《秦腔》签名本。

收济南徐明祥兄寄赠《弄闲斋诗稿》毛边本、切边本各一种。我和于晓明为之作跋。老诗人孙国章作序。《闪闪的红星》作者李心田老师题签。书内有大量书画，不乏名家墨迹。书内收录了明祥兄与我许多唱酬诗文，倍觉亲切。

收到《时代文学》2015年第六期，刊登我的中篇小说《机关》，虽然有不少删节，但相对完整。

2015 年 8 月 4 日

江苏电视台资深记者、南通记者站站长、毛边书研究家沈文冲兄寄赠主编的《参差》第一期，素雅无华的小刊，册薄页少，却纯朴得可爱，自有一种清气袭人。品而读之，油生感兴之情，信笔涂鸦，不知所云：毛边参差似翩跹，倩影丽姿惹人怜。木刀竹篾存野趣，天宽地阔贵自然。

2015 年 8 月 10 日

许久不见阿泉兄的墨色大字了，但关于他的好消息却不断。欣然接到泉兄惠赠的《把心放进一个嘎查》，又见大字题签，欣喜不已。泉兄近年出了不少好书，书香连绵，广有美誉，像《碧绿与蔚蓝》《乌审七篇》等就是电视文化与文学随笔嫁接的新体散文。透过文本，梳理这些散落的珠玑，你可以看到悫诚、睿智、旷达，甚至有点黑色幽默的阿泉特质，以其文化深度和审美视野的广度延伸着唯美品格。这些游走在心灵牧场和草原部落的文字，带有奶香、花香和书香，鉴定了他作为一位游牧歌者的姿态，他是最后一位具有诗性风骨的游牧作家，他承继和津津乐道的心灵原稿式写作，是历代文人崇尚的难以企及的精神海拔。如果说骑手张承志是哲合忍耶的精神守护者和忠实记录者，那么阿泉何尝不是游牧家族的心灵体验者和忠厚书写者。他的信仰和追索，就在坚定执着的游牧和思考中。他以自己的方式和文字，切近平凡而又高贵的灵魂，走进嘎查的宗教，为大地放歌。《把心放进一个嘎查》在草原维度上自由舒展，在精神向度上尽情开放，抒发了一个游牧学者朴茂丰饶的美学观，状写出一个记者的忧患意识和体恤关照，笔意间流淌着旁逸斜出的另类写意情怀，尤其是饱满的旷野情愫和奔放的书香清趣，带出俄罗斯古典油画的审美境界和游牧民族神圣的长调意境，对当下僵尸文化的自我迷醉不啻是一次绝地救赎。保持嘎查的温度，书生意气就在行者无疆的丈量中，也在阅读者"知我者谓我心忧，不知我者谓我何求"的守望中。尘埃落定，岁月从未改变什么。唯一的变迁，来自风花雪月的轮回中。《把心放进一个嘎查》点击了文明的要害：嘎查，就是心灵的脉象，就是游牧的根。嘎查，就是诗意栖居本身。

抚书生叹，辄有感兴，爰笔记之：玉露生凉雁南行，草原长空一片情。塞外暗度销魂曲，最喜嘎查传书声。

2015 年 8 月 12 日

吉林诗人葛筱强兄惠赠读书随笔新著《在黑暗中转身》，很哲学的书名，映衬出洁身自好的抵抗姿态，保持了一个真正知识分子的良知气节。小强兄被作家宁肯称为"最后的乡村诗人"，是因为他有着悲悯的乡村情结；小强被作家伍立杨称为"新书话的拓荒者"，是因为他的文本实验具有前瞻性和先锋价值。从汪洋恣肆到婉约低回，葛筱强以多种可能，表达了他的生命意识和读书思考的觉悟。诗性、哲思、理趣、禅意，鲜明而深刻地张扬着葛筱强的写作精神，这是他倔强延伸的命脉。沐手展卷，不胜感慨，口占长短散句，聊博契友一哂：采蓝依依青青草，梦柳飞扬思如潮。只把心绪付碧霄，续离骚，雪地书窗分外娇。

2015 年 8 月 13 日

苏州学者王稼句兄惠赠新著《吴中人物图传》，凤凰版，文美图丰，书味秘醇，幸甚也哉，歌以咏志：吴门有赠如奇珍，沧浪名士见素心。余味浮胸秦时月，清韵畅怀岭上云。

2015 年 8 月 18 日

西安艺术家、收藏家惠文兄寄赠珍藏的汉瓦拓片并贾平凹签名本，铭感不已。暮春与惠文兄济南雅聚，相见恨晚，意犹未尽，情莫深焉。今秋到古城，品其瓦拓，欢歌击筑，醑酒临风，此兴悠哉：泉城春水清亦深，秦川一脉闻韶音。千秋汉瓦古风存，诗书漫卷可举樽。

2015年8月28日

高山流水，漫笔遣兴，感谢画家李杰赠画：层峦叠翠高山下，林籁泉幽溪水前。闭目闻香真惬意，合手参禅自邈然。独钓秋色满峰壑，更酌空濛醉缱绻。仁者知我心底事，淡墨浓情照无眠。

又杂兴一题：枫山凝脂韵如诗，水流宛转树萋萋。云林皴墨尽染处，闲对古亭起幽思。

2015年9月16日

成都作家朱晓剑兄选取100张藏书票，每张藏书票配一美文，已经写作三分之二，即将大功告成，闻之辄然。这是让人期待的一部书。我的藏书票系西安艺术家崔文川兄制作设计，能入晓剑兄法眼，实在是沾了文川兄的光，兄弟情深，感愧有加！晓剑兄去年夏天来淄博，有幸畅饮，不胜荣抃，历历在目，记忆犹新。

附录朱晓剑《袁滨藏书票》淄博的袁滨兄写诗也写书话，那是一手妙文。不少相熟的朋友到了山东地界，若是不去淄博，不去淄博，就跟不到长城非好汉相似。他不带着参观周村古商城、王渔洋故居、蒲松龄故居，就不了解这片土地上的文脉流传。这一路行走，倒也是别致的旅行。访古人旧迹，当然不能有隔着时空对话。最有意思的是，朋友来了，袁滨兄的豪气干云的气概也来了。许新宇有文为证："在酒席上，随着饮酒的深入，袁滨兄身上的那份豪气侠气才慢慢开始显山露水。""可以看出才子与侠客的痕迹"。"常时饮酒逐风景，壮心遂与功名疏"，这是做事的方式，颇具古风。

当然除了酒，袁滨兄最爱的还有书。王成玉在《书话点将录》书里说袁滨："书话是一种很纯净很高贵很有趣味的文体，今读其书，越来越相信这种文体，非读书种子莫办也。"

有书，当然少不得藏书票。袁滨兄说文川设计的藏书票：构图雅洁，画面清新，线条柔美，春色无边，不由醉意朦胧，乐而开怀，实在爱不释手，庋为珍品。虎闱说："此藏书票拙中见巧，颇具书卷气。"

见识过袁滨兄的古道热肠，才能一下子理解到山东人的做事风格。在看似粗犷中有许多精细的表现，诗情画意里，最耐人寻味的还是那一份书卷气，不亦快哉！

2015 年 9 月 23 日

西安艺术家崔文川兄畅游山东，喜不自禁，把盏尽欢，杂兴有赠：西辞长安望蓬莱，海纳百川筑仙台。诗书香阵透齐鲁，故园秋色满聊斋。

2015 年 10 月 15 日

最是济地秋月朗，非同一般读书人。济南作家张期鹏兄惠赠《啊，莱芜……》增订版，比初版本增加 28 文，泰山出版社印行。口占漫兴，聊以为贺：齐烟九点好风景，一咏三叹乡梓情。赤子之心书可鉴，最是泉映秋月明。

2015 年 11 月 18 日

为陕西作家任文兄新著《书香夜读》所写序文，发《新泰文史》第四期。此前《淄博日报》曾有删节，这次是全文发表。

2015 年 11 月 22 日

11 月 21 日，绵绵细雨笼罩泉城，但笼罩不住文学的火热之心。我应邀冒雨前往济南凯贝特大厦济南海博艺术馆参加《春声赋——张炜文学创作 40 年论文集》出版座谈会暨洙源文化沙龙揭牌仪式。山东省作协主席张炜，山东省文联副主席杨枫，作家刘玉堂、王延辉、张期鹏、王展、徐明祥、张成、自牧、阿滢、谷雨等，省散文学会主席王树理，省文联创作研究室主任宫明亮，评论家、山东省作协文学研究所赵月斌，评论家、山东大学教授马兵，山东大学出版社综合编辑室主任傅侃以及大众日报、齐鲁晚报、联合日报、济南日报、济南时报等媒体记者共 30 多人济济一堂。

座谈会现场温暖如春，气氛热烈，书香四溢。《春声赋》是去年张炜文学创作四十年研讨会的成果，从版本的装帧典雅、设计新颖、版式精致、内容厚重等层面来说，这部书可赏可藏，可圈可点，让人爱不释手，余韵悠长。《春声赋》是张炜创作研究的新收获，具有别样的特色，从不同的角度对张炜著作进行了新的梳理和解读，具有深层次的审美价值和意义，把张炜文本研究推向了一个新的高度。以《春声赋》的出版为契机，张炜文学创作研究已经掀开了新的一页。

2015 年 12 月 6 日

张炜老师签名赠送西班牙文版和瑞典文版本《古船》，一卷在手，夫复何求！

此前，西方著名出版商哈珀柯林斯出版公司出版了《古船》英文版，法文版由法国 RomanSeuil 出版，出版后入选法国教育部高等教育推荐教材，成为法国大学生研究中国当代文学的经典教材之一。随后，日本、韩国、瑞典、俄罗斯、土耳其等国出版商分别以各自国家的语言，相继出版或即将出版《古船》。2013 年 1 月，加拿大 RoyalCollins 出版集团与张炜签约，决定从《古船》的西班牙文版入手，因为西班牙语是全球第三大语言。《古船》西文版的面世，填补了张炜作品无西班牙译著的空白。《古船》西文版将分成欧洲、非洲、北美、南美 4 个区域发行。另外，RoyalCollins 印度公司也宣布启动《古船》《九月寓言》印地语版的翻译与出版工作，预计在 2016 年上市。

2015 年 12 月 19 日

潍坊学院王万顺兄致力当代文学研究，近日，凝结着他的学术思想和心血的《张炜诗学研究》由中国社会科学出版社出版，全书以新的审美视阈解读张炜，首次架构诗学研究的理论，充满睿智和锋利，有深度、高度、亮度，也有纬度、厚度和力度，是张炜研究的最新收获。可圈可点，可喜可贺！遂口占打油遣兴：笑占春风第一枝，雕龙新韵情满池。沈博绝丽向高原，笔底烟花动地诗。

2016 年 1 月 2 日

新年接奉内蒙学者李俊义兄惠赠新著《古旧的趣味》，俊义兄是文学硕士、历史学博士，著述颇丰，这是内蒙教育出版社的品牌文库《纸阅读文库·原创随笔系列》第四辑中的一本，该辑共六种，我的新书《盈水轩读书记》也在这一辑里，目前已经出版的除了俊义兄的一种，还有刘惠春的《我们像风一样活着》。该书和刘惠春的书都由草原游牧文化学者张阿泉兄作序，而我的书恰巧也是阿泉兄作序，真是缘分啊。摩挲着沁香的书叶，畅想新年后的春光里，我的书大概就能上市了。俊义兄同时还寄来他的学术专著《内蒙古盟旗名称研究》，也是一部丰厚之书。新年的悦读历程就此拉开帷幕！

2016 年 1 月 19 日

被曹文轩称之为"鬼才"的北京作家安武林兄惠贶新著《醉书林》，其扉页题款也有意思，实在知我心也。前几天见到王爱玲校长，我们笑言 2016 要绑架武林兄一次，他竟然多次讲学路经大淄博不肯屈驾下车聚聚，真是岂有此理。

2016 年 2 月 22 日

今天是个好日子，接到张维祥兄寄来样报——正月十五出版的《藏书报》，刊发我的新书《后记》。北京作家安武林兄快递寄来曹文轩先生签名本两种《火印》《哑牛》。

2016年3月15日

开卷书坊之石湾《文坛逸话》，是一本好书，颇为养眼怡神。但《张炜的愚公精神》有一处微瑕，虽无大碍，还是想指出来，第143页最后两行："《古船》、《九月寓言》相继在《当代》上发表，并由人民文学出版社出版。"《古船》是在《当代》1986年第5期发表并由人民文学出版社1987年8月出版的，但《九月寓言》是1992年发表在《收获》第3期，上海文艺出版社1993年5月一版一印的。《文坛逸话》还有一处小瑕疵，第137页第一行："中国作协在南京举行一九八三至一九八四全国优秀短篇小说、中篇小说、报告文学评选颁奖大会"，实际上，一九八三年的颁奖会是当年三月十九日在北京国际俱乐部举行，一九八四年的颁奖会在南京举行，时间是当年四月二日。不是两年的颁奖会在一个时间举行的。

2016年3月25日

宗利华赠16册签名小全本，他的书目前还差两种。利华兄是小说家，获得过冰心图书奖和全国小小说金麻雀奖，他的语言闪烁着锐性，极有张力，叙事睿智机敏，结构惊奇稳健，像他的职业一样庄重具有不可低估的力度。

2016年4月6日

北京谭宗远兄惠寄今年第一期《芳草地》杂志，刊登了我的新书《后记》，广而告之，不亦快哉谢谢宗远兄推介。

2016年5月5日

台湾著名作家柏杨长子郭本城先生日前在北京中国现代文学馆举行

《背影：我的父亲柏杨》研讨会，郭本城先生为现代文学馆赠送了签名本，中国作协书记处书记、现代文学馆馆长吴义勤代表组织接收赠书。到济南后，郭本城先生又在垂杨书院与著名作家张期鹏兄会晤，并为我题赠签名本。先生厚意山高水长，此情可鉴，难以言表。

2016 年 5 月 9 日

收到《诗屋·2015 年度诗选》样书，这是《诗屋》连续 12 年出版的年度选集，收入我的两首小诗《杯子与人》《奔跑的刀》。

2016 年 5 月 9 日

与山东省作协主席张炜、山东作协副主席赵德发等欢聚山东理工大学。请张炜老师为台湾版著作和其他代表作题签。

2016 年 5 月 23 日

收得《老生》，贾平凹老师签名本。收到张炜老师最新长篇小说签名本《独药师》，一部神秘主义氛围编织的心灵秘史，充满诡异、变数和奇崛。这也是张老师第 21 部长篇小说，人民文学 2016 年 5 月版。

2016 年 6 月 3 日

张炜老师寄赠不久前获得 2015 年度中国好书奖的长篇小说《寻找鱼王》，明天出版社 2016 年 5 月第 6 次印刷，此前我存有 2015 年 5 月第一版第一次印刷本，这次的新版本除了增加了腰封，封面用纸也进行了更换，由初版的卡片纸改为铜版纸，更加精美，印数已经达到 15 万册，可见广受欢迎，大为畅销，这在浮躁的黄金时代，实在稀见，可喜可贺！

2016 年 6 月 29 日

天津《今晚报》副刊部主任王振良兄惠寄主编的《问津》杂志今年 1—4 期并《参差》第 2 期，甚感让人开心的是，这一期《参差》封二刊登了原人民日报出版社社长、著名作家、新文学版本学家姜德明老师的手札，手札所用笺纸是我赠给姜老的盈水轩专用笺纸，不由想起某年挈妇将雏在帝京与姜老畅聊的情景。一晃多年，读信如同觐面，分外亲切。想念京城的老人，您老人家好吗？！

2016 年 6 月 30 日

王稼句兄惠赠新著《物产录》，古吴轩出版社 2016 年 5 月一版。作为文化话题的苏州物产，已经超越了纯粹的美食意义，透过稼句兄笔下潺湲的丰饶故实，大可玩味"三生花草梦苏州"的神俊和秀腴。

2016 年 7 月 3 日

老友乔迁新房，涂鸦俚句捧场，经由名家法书，居然象模象样，不由窃喜非常：高朋满座笑语亲，天下谁人不识君。梦里乾坤远景阔，壶中日月最是真。庙堂放眼同忧乐，江湖潇洒贵知音。窗前染得千层绿，心中守望一片春。

2016 年 7 月 16 日

经过一年半的精心编校，我的散文随笔集《盈水轩读书记》列入"纸阅读文库·原创随笔系列"第四辑，由内蒙古出版集团、内蒙古教育出版社推出上市。这也是"纸阅读文库"唯一一本采用高档纸——80克纯质纸制作的书。感谢内教社黄妙轩书记妙手玉成！感谢张炜老师、峻青老师热情推荐！感谢著名学者、华东师大博士生导师陈子善先生、内蒙古电视台著名编导、作家张阿泉兄分别赐序！感谢我的责编塔娜女史产假前后的辛勤付出！

我用本书的稿费折扣书款订购了少量毛边和切边本，同时设计了专门藏书票两种：第一种题字是张炜老师，第二种题字是四川文艺出版社资深编审唐宋元兄。两幅题签原想用在书的封面和扉页，但按照文库的体例，不能用手写体，只好忍痛割爱了。所以，特请西京藏书票设计家崔老文川兄设计，可谓无心插柳，锦上添花，恰到好处。

2016 年 7 月 24 日

上海作家、藏书大家韦泱兄惠赠新著《淘书路上》并墨宝一幅。韦泱兄有感民国版本图书善本难觅，就是一般版本也日益稀见，在金盆洗手收官之年，一面淘书一边写下这部书稿，真是"此情可待成追忆"了，令人怅惋 。

读韦泱兄新书，想起多年前在上海他冒着酷暑陪同我拜见峻青老师、何满子老师的情景，如今，满子老师作古多年，峻青老师也缠绵病榻，叹叹。遂口占俚句，聊以遣兴：琅嬛风流贯古今，墨韵飞扬最可亲。多情造化传盛誉，海上书声第一音。

2016 年 7 月 25 日

作家安武林兄快递寄来新著《开向童年的地铁》，七月份刚刚新鲜出炉，我不知道这是安兄的第一百多少本专著了，他今年是丰收年，大概要出版四五十种吧，稿费和版税进账不少滴，他全国各地到处游逛讲学，却很少请客都是被人请，所以很懂得节省银两，小荷包整天家鼓鼓滴，让人羡慕，不过也是徒有羡鱼情而已这本书很独特，是他在天津《今晚报》专栏文章的集结号，又弄专栏又出书，两全其美，能不偷着乐吗这本书的看点很多：一是能勾起人的怀旧心思，许多书都是童年读过的，或者给自己孩子买过的，看着眼熟，翻着亲切；二是资料多信息量大，许多版本都很珍贵，即使熟悉的书，也是最佳版本，何况还有些孤本善本之类，读了大开眼界是一点不虚；三是写出了自己的观点和发现，安兄自己是多面手，尤其擅长添油加醋写童话，他把自己的经验、见识、阅历和机智都融汇进去了，写得轻松，却不乏真知灼见，会心处莞尔一笑，心领神会，妙不可言；四是有文学史意义，这本书其实也是一部儿童文学简史，是值得推荐的少儿悦读书单，史家视角，儿童情怀，既是"开向童年的地铁"，也是驶向"天空之城"的动车与其说是共鸣，不如说是和声，每个读者都能找到温暖自己的那段心曲。这大概就是诗经上说的"嘤其鸣矣求其友声"所达到的意境吧。

2016 年 8 月 12 日

作家赵德发寄赠最新出版的长篇小说《人类世》和中篇小说集《魔戒之旅》。《人类世》最早发表在今年第一期《中国作家》，随即被《长篇小说选刊》第三期选载。全书承载着对人类生命、历史和现实的观照与体恤，融汇着哲学命题、宗教意识和社会拷问，体现出强烈的人文情怀、道德审视和文化价值，是一部沉甸甸的厚重大气之作，必将引起人们对人类命运及社会生活的深度考量与关注。

《魔戒之旅》是赵德发中篇小说经典集萃，其中的《魔戒之旅》实质上是一部小长篇，占了 182 个页面，于轻松的节奏氛围里，描绘出别开生面的艺术画卷，语言老辣，结构精巧，很有视觉冲击力。

2016 年 8 月 13 日

苏州王稼句兄寄赠《吴中好风景》，分享好友的最新成果就像一次成功的艳遇，不求刻骨铭心，只求曾经拥有。所以，许多明珠都要藏之高阁。有人发问，这些书你都读了吗？问的懵啊。

2016 年 8 月 22 日

天津《今晚报》副刊部主任王振良兄惠寄主编的《问津书韵》，天津古籍出版社 2016 年 6 月版，王稼句兄题签。此书系第十三届全国读书年会文集，厚达 696 页，49 万字，蔚然大观。正是：一脉清流汇问津，雅韵袅袅丝竹新。琅嬛生辉多瑶章，书香天下遍知音。

2016 年 9 月 9 日

拙著出版上市后，许多师友热情鼓励，令人感动，特选部分赠言，存谢留念，情谊铭感！

中央民族大学博士后王万顺：袁滨先生赠书《盈水轩读书记》，装帧设计精美，文字潇洒性情，论说专业深入，由此见袁兄深厚功底，以及乐此不疲的以文会友的日常交游，真乃爱书、爱文学人士。省作协主席张炜曾说，袁滨是我们山东的文化名人。依我看，至少在藏书界，袁兄声望已非齐鲁所能局限。谨致祝贺！

苏州作家王稼句：大著《盈水轩读书记》拜收，已裁看了前面一部分，文章还是好的，畅达，空灵，言之有物。此类文字，易学而难工，吾兄是别有手眼的。

内蒙古赤峰爱书人隆子：山东大读书家袁滨先生新书甫一付梓便赠隆子签名本一册，这本书"得来"并不容易，样书有限，袁先生朋友遍及四海，所以连区区在下这本在内的许多赠书，都是先生自掏腰包买下，又签名赠送的。袁先生学识渊博，文笔极健，是山东地区一面响当当的文化大纛，他不以我为鄙陋不才，经常给我以一些读书方面有益的指点，且数次邀我赴山东，奈何晚生破事颇多，迟迟未有"报效"，谨以袁老师赠书之机，隆子这里一并致歉并致谢！山高水长，日后定有机会当面向袁先生请教。

济南作家徐明祥：大著毛边本拜收，谢兄！文章、印装均好，内文用纸也好，质量、重量均沉甸甸，待仔细学习拜读之。热烈祝贺！《读〔盈水轩读书记〕有感》：盈水读书记书香，亦诗亦文亦思量。书中自有旱码头，粒粒汉字建风光。

浙江作家夏春锦：山东作家袁滨先生寄赠新著《盈水轩读书记》毛边本，书中收录与区区有关的文章多篇，其二评拙著《悦读散记》和

《山城卧治》，其一评拙编《桐溪书声》。榜上有名，与有荣焉。正如山东省作协主席张炜所云："人心得安静，草木放光明。袁滨是最爱书的人啊！"从交往至今，虽缘悭一面，我却深深感受到了。

2016年9月12日

江苏作家姜晓铭兄告知：7月9日的《泰州日报》，刊登了关于我的旧著的评论《书香春水谓尔雅》。这也许是配合我的新书出版的前奏吧，不胜铭感。

2016年9月24日

一大早赶赴济南山东书城，参加张炜老师长篇小说《独药师》发行见面会，与著名作家张期鹏兄欢聚并参观垂杨书院，幸甚也哉。

2016年9月26日

四川师范大学文学院教授、研究生导师龚明德兄飞鸿赠书，快递寄来三部专著，每一本都沉甸甸充满学术分量，其中还有一本仅仅制作50册的毛边本，可见其珍稀。明德兄多嘉惠于我，曾为我一本小书写过热情的序言，真情难忘，情谊可感，摩挲书叶，温暖亲切，先生之风，山高水长。

2016年10月12日

拙著问世后得到众亲指教，不胜感激，唯多溢美之词，令吾赧颜。在此实录，存谢感念。

北京作家安武林：袁滨，山东淄博周村人氏，媒体人。脑袋硕大，如爱因斯坦，身材壮实，如泰山巨石。爱书如命，张炜各种版本收藏天下第一人。喜交友，豪爽，好饮酒。每浏览他博客，他必如亿万富翁一样慷慨：上茶！上美女！收到他新作一本，书中有写我一文，大悦，在此也学他一把：袁兄速来点赞，上茶，上酒，上美女！

清华大学教授杨民：读书人说书，其意味绵长不在一时，然其价值所在，如明清老砚，渐渐显现，又经久弥珍。袁滨文字足可称之。希望袁滨多写文章，谈人说文，均多意义。非常值得。平实入心，见解识理，均多令人信服处，相当棒的。再祝贺。

济南作家张期鹏：袁滨是一个有真性情的人，对书的珍爱，对前辈的珍视，对朋友的真情，溢于书中。说他有点"痴"恐怕并不过分，实际上不"痴"又哪来的"真"呢。古人对自然万物，对月，对山，对石，对水，对呢喃的雏燕，对飘逝的鸿影……常有发呆的时候，现在的节奏如闪电般飞转，已经少有人沉醉书房、浸没书香了，袁滨可算一个，一个对书有着痴心真情的读书人。

江苏作家顾艳龙：我买了签名本，国庆在家读完。印象是文采斐然，杂花生树，收获甚多。诗词功夫也了得。

苏州作家张建林：袁老师的书话写得好，有血有肉，值得学习。

黑龙江作家崔明秋：装帧设计印刷，都是精致的。淡雅，清静，又沉实。一本书从相遇就喜欢，那开卷就觉亲切的文字！勒口，环衬制作的特别好，书脊干净，封面的用纸恰到好处！

北京作家康健：大著《盈水轩读书记》拜收。利用中午休息时间读了数篇，深感仁兄的书话既有知识，又有情趣，还有见识和材料，可谓篇篇妙文，让人爱不释手。对于书话，能写到这种境界，与兄多年来浸淫书海、烹文煮字不无关系。

2016 年 10 月 15 日

平凹老师、韩鲁华老师签赠对话录《穿过云层都是阳光》，口占一题：秋雨绵绵润古城，西安书香传鲁中。惠文多情盛意在，心有灵犀若相逢。

2016 年 10 月 22 日

今天下午，由山东省散文学会、垂杨书院、泺源文化沙龙联合主办的拙著《盈水轩读书记》发布分享会在山东财经大学举行。茅盾文学奖获得者、山东省作协主席张炜老师，省作协副主席刘玉堂老师，北京作家安武林兄，苏州学者王稼句兄，评论家、山东作协文学研究所赵月斌兄，评论家、山东师范大学文学院院长张丽军兄，作家张期鹏兄，济南作协副主席、山东散文学会副会长兼秘书长王展兄，评论家、山东财经大学亓凤珍教授，《联合日报》社长助理张成兄以及《山东工人报》等媒体朋友共三十多人参加。　感谢张炜主席等专家学者厚爱，感谢张期鹏兄热情主持。

在济南发布分享会期间获赠的书，温暖心扉，书香袭袭。　①赵月斌兄长篇力作《沉疴》，乡土情结，人性考量，颠覆传统小说语境，高度、纬度、厚度，不一样的品位，不一样的质地，厚重演绎文学盛宴，重塑文坛卡里斯马，浮华年代的挽歌和绝唱。②张期鹏兄的第四本《高莽书影录》，经典版本，映衬着对老作家的钦敬和文学致意，是一种别开生面的书写。③薛凯洲兄《听李心田说心里话》也有特色，颇有史料价值。

2016 年 11 月 17 日

11 月 5 日的《中国财经报》第七版"文摘"转载了发在《今晚报》的一篇小文《不忘初心》。多谢湖北作家莫之军兄告知。我的原报责编杜琨兄说，《今晚报》被转载率很高，但只有《青年文摘》会预先打招呼，其他媒体都是不打招呼，具体开没开稿费也不知道。

2016 年 11 月 25 日

感谢贾平凹老师惠赠签名本《晚雨》，涂鸦俚句抒怀：晚雨惠文情最真，初闻芸香已微醺。老腔秦韵多意趣，捷报频传又一春。

平凹老师 26 日将启程赴北京参加中国作家协会第九次全国代表大会，是新一届副主席候选人，遥祝顺意。

2016 年 12 月 3 日

祝贺张炜老师当选中国作协副主席，口占俚句抒怀志庆：

帝京初冬情似火，文坛争辉七星烁。作协盛会开新纪，高原辉煌谱壮歌。 菊香时节盈紫气，绚丽嘉年耀丹波。 霞染齐鲁青未了，岱顶磅礴昭日月。

2016 年 12 月 30 日

新年大礼！喜获张炜老师特精装版《张炜文存》，选用瑞典进口轻型纸，厚重典雅的封面装帧，包含着布面、压凹、烫金、模切等十几道考究工艺。

张炜老师说这套书是他目前最好作品的最好呈现，"这套书是我 600 多个版本的书中，编辑含量最高、编得最精最细的版本，读者在市场上很少能看到这样精美的书"。

答《山东青年报》记者问（代后记）

一、详细说一下您的整个创作历程及创作感受。

写作是一生的事业，阅读与写作就像长跑一样会一直坚持下去。阅读是从小学二三年级开始的，那时候字也认不全，找到什么读什么，囫囵吞枣式的硬读下去，大概留存印象的是《水浒》《雷锋的故事》《欧阳海之歌》之类。这是阅读的底子，起点并不高，但是养成了阅读习惯，为写作铺下了道路。后来上初中，开始买书，买杂志，接触了一些外国经典作品。随着阅读视野的开阔，开始尝试写作，从写诗开始，还用一周多的时间写了篇七万多字的小说。第一次发表作品是《语文报》"我们这个年龄"的诗歌征文《听我说，这就是我们的生活》，连同一篇短评，足足发了一个版。那时候上高三，是1984年冬天，这首诗当时好像还有点影响，收到了上百封全国各地的来信，获得了一等奖第一名。后来收入上海人民出版社出版的全国第一本中学生诗选《我们这个年龄》，艾青题写了祝词。作家出版社出版的由臧克家作序的《中学生诗歌选评》，我的诗被列为开卷第一篇。从发表诗歌，到获奖，再到收入诗选，给我的写作带来很大鼓舞。八十年代发表作品不多，几乎都是诗歌。1992 年在《山东文学》发表两篇散文诗，这是第一次在刊物发表作品。以后发表的作品也多起来，在《星星》《诗歌报》《当代诗歌》《时代文学》《当代小说》《诗歌月刊》《中华儿女》《文学界》《厦门文学》等都有作品发表，甚至台湾出版的《海鸥诗刊》也发了一组诗，到了 1995 年，我的第一本诗集《窗子与风》出版，这也是周村的第一本诗集，当时的著名作家，现任湖南省委常委、省委宣传部部长张宏森为这本书写了热情洋溢的序言，当时在《作家报》兼职的施战军（现任《人民文学》主编）把这篇序言以《诗的质地》为题发表在《作家报》上。写诗的同时，我的大量写作主要是读书随笔，尤其书话写作，用力比较多。2002 年中国文联出版社出版了我的第一本散文随笔集《草云集》，其中一辑《机关轶事》是几个短篇小说，所以严格来说这本书应该是散文随笔与小说的合集。以后又陆续出版了《盈水诗草》《盈水集》《盈水轩读书记》《不能拒绝的美》等书。作品先后被选入《名家散文选读》《2009 随笔年选》《山东新时期诗选》《山东诗歌年鉴》等选本，连续 5 年被收入《诗屋诗歌年选》。我的文学作品也曾获得第 18 届北方十五省市文艺图书一等奖、山东省纪念红军长征胜利 70 周年优秀作品奖（最高奖）、山东省首届青年作品奖、时代文学奖、文学高地年度文学奖、山东青年报诗歌奖、语文报诗歌奖、山东大学驼铃文学一等奖、淄博文学艺术奖等，还是山东省第四批齐鲁文化之星、山东省市级以上重点人才工程入选人才、第三届淄博市优秀青年知识分子、周村区十大藏书家。但这些都是身外之物，真正属于自己的还是文字，那是血肉做成的，最具有生命力。

从 1984 年开始发表作品以来，文学创作时间跨度 36 个春秋，如鱼饮水冷暖自知，最大的感受就是，文学写作不能急功近利，没有创作捷径，只有甘守寂寞，辛勤耕耘。过去好多作家都是毕生执着于一本书的打磨，像曹雪芹写《红楼梦》、蒲松龄写《聊斋志异》，都是用一生的时间去写作一本书。人生要有大寄托，不能向世俗妥协，要一直以勇者姿态坚守文学理想。

二、在整个创作过程中，哪件事令您最难忘？

2016 年 10 月 22 日在山东财经大学举行的《盈水轩读书记》发布分享会。著名作家、学者张炜、刘玉堂、安武林、王稼句、张丽军、赵月斌等 30 多人参加，中国青年报、大众网等多家媒体进行报道。这是我第一次举办这种带有研讨会性质的活动，而且那么多名家、学者出席，给了我很多鼓励，令人鼓舞，想起来历历在目。发布分享会上的发言更让人难忘，苏州著名文化学者王稼句说："袁滨思想前沿，有自己的想法，文字凝练有诗心，写作面和阅读面非常广。"作家刘玉堂说："《盈水轩读书记》出的精致漂亮，袁滨富藏饱读，语言非常漂亮，非常扎实，这与他写诗有关。"中国作协副主席、茅盾文学奖获得者张炜说："今天因为袁滨聚到一起，吸引了这么多好朋友，这些人很可爱，一直爱书，不忘初心。济南也好，周村也好，老齐国文脉靠袁滨这一类藏书家，老齐国文脉不断。我要好好的写作，对得起你的收藏。"张炜评价："《盈水轩读书记》之出版，是袁滨先生的力作问世。""著作家、藏书家、极难得的人才。"张炜主席、张丽军教授接受了淄博电视台采访。张炜说："袁滨是国内有名的作家、藏书家，他是不光是在山东省有名，在大江南北地区都听好多人谈到袁滨。他不光是藏书，而且是研究书。他写了很好的一手文章，他的书话功力很深。作为一个作家来讲，我喜欢袁滨，作为热爱文化的纯粹的人，我喜欢袁滨。周村这个地方有了袁滨，是一个城市有了深度。这个城市因为有袁滨，还有一波文化界的朋友，而变得丰富。这个城市变得有深度。"张丽军教授说："袁滨非常随和质朴，而且非常有思想，这是非常难能可贵的。他用很长的时间来写这一部书，他积累的非常丰富。而他里边看出来他这种文学的热爱钟情。而且他这部书的意义价值非常大，对于搞文学史研究的人提供了他以往我们体制内研究没有的东西，一种弥补和一种新的价值。所以我觉得他对当代文学史的研究，包括读者接受提供了很多不可替代的价值，这是它独特存在的因素。"

三、哪一部或者哪些作品让您比较满意？为什么？

对于写作者来说，满意的作品永远是下一部。相对而言，我发在《时代文学》2014 年 4 月的短篇小说《挡车女工》和 2015 年 6 月的中篇小说《机关》比较满意。《挡车女工》发表后引起一些关注，因为写了当下的工厂的生活状态，有现实感。《机关》是我的一部长篇小说的题材，因为刊物版面，选发了三万多字，是一个小中篇。我因为曾在政府机关工作过十年，对那段生活很熟悉，机关又是一个很敏感的地方，我一直想把里面的众生沉浮现状描绘出来，很喜欢这个题材。

四、您看过很多书，也喜欢藏书，这个爱好是从什么时候开始的？对于您来说，看书和藏书给您带来了哪些收获？

人们常说，阅读改变人生，人的一生，与书相伴相亲，难舍难分。我是一个 60 后的基层作者，我的阅读记忆是从八十年代开始的，从中学时代一直到现在，在我阅读和写作的道路上，阅读给了我无穷的滋养和教益。我不是专门藏书家，我是因为发自内心的喜欢，出自一个作家的自觉而虔诚的文学热爱。通过阅读，我认识了天南地北很多著名学者和作家，像上海的峻青、何满子，天津的来新夏，北京的曹文轩、文洁若、姜德明，陕西的贾平凹，等等，我都亲自拜访过，他们或是给我写序，或者是给我题写书名，都给过我很多帮助。我的读书随笔和书话作品在《今晚报》《包头晚报》《城市晚报》等都有过专栏性发表，给我的读书生活带来了快乐。在人生长旅中，好书就是好友，与你对谈相约、相知相爱。书籍给人熏陶，给人慰藉，给人勇气，人生与读书之路皆漫漫，吾将上下而求索。

五、对您创作影响最大的是哪本书？哪个作家？对您带来了什么样的影响？

我很庆幸最早接触并喜欢上了张炜的作品。作为张炜的第一代读者，我至今仍然记得最初读《声音》读《拉拉谷》读《一潭清水》读《秋天的思索》《秋天的愤怒》的情景，那种清新的鲜活动人的语境，带着芦清河和葡萄园独有的气息和清香，让人痴迷和向往。尤其是1986年第5期《当代》全文推出了《古船》，不仅在文坛，也在思想界历史界等引起了震撼，这是一部让人终生受益的长卷，我是常读常新，非常喜欢。我收藏有张炜720多种不同版本的著作，其中《古船》就有50多个版本，包括外文版和港台海外版。2014年12月和2015年1月，我和友人合作先后在济南泉城路新华书店和青岛书城成功举办了"张炜著作版本、手稿展"，影响巨大。因为喜欢张炜著作，收藏张炜著作，我准备筹划成立"张炜作品版本研究中心"，已经请著名作家贾平凹题字，请人刻成了匾额，"张炜作品版本研究中心"将以版本陈列、文学讲座、学术交流等形式开展活动，还计划成立"古船书院"，弘扬张炜文学精神，传承文学薪火。

六、文学给您带来了哪些转变？于您而言，文学是一种什么样的存在？

因为爱好文学，爱好写作，也给我的工作带来极大便利。我有一段时间是地方电视台的首席编辑，我撰稿创作并播出电视纪录片二百余部（集），在韩国、新加坡、马来西亚、台湾等地交流，有的纪录片获得山东省广播电视作品奖和山东省首届纪录片学术奖，被授予周村区十佳新闻工作者，连续多年都是单位的先进工作者。

文学对我来说，是精神之源，文学是我生活的另一种空气和阳光。虽然文学不能带来丰厚的物质享受，但文学可以让我感受到巨大的能量，像一座金矿，一生的富足都包容其中。文学使人平静，无论多么辛劳，多么浮躁，文学就像是港湾，给人洗去征尘，安抚一颗漂泊的心灵。人总要有所追求，文学就是让人为之奋斗不息的理想所在。文学可以照亮人生道路，我会一直走下去，写下去，这是宿命，带着会开花的梦，人生才更富有情趣，更加充实丰满。

七、您是一位专职作家吗？您的创作灵感和素材都源于哪？

基层作者，没有专职创作时间，阅读和写作永远是业余时间，年节黄金周其实就是读写黄金周。创作的素材来自于自身生活体验和观察，灵感更多来自于读书的思考和捕捉。

（2020年5月19日答《山东青年报》刘文玉记者问，5月24日《山东青年报》"作家访谈"刊登刘文玉在此基础上采写的《袁滨：一个人文守望者的文化行旅》）